Daniel Zahno
Rot wie die Nacht

PIPER

Zu diesem Buch

Die Fremde, die Ben im Zugabteil gegenübersitzt, fasziniert ihn auf den ersten Blick. Alena, die schöne Unbekannte, wird bald schon seine Geliebte. Ben – Filmregisseur, Träumer, Einzelgänger – gerät in eine amour fou, die, wie sich herausstellt, nur schwer zu leben ist. Denn Alena ist an ihre Familie gebunden. Und auch Ben verstrickt sich, ohne es zu wollen, mehr und mehr in seine eigene Biographie … »Daniel Zahno erzählt diese Liebesgeschichte mit leichter Hand und dem Auge eines Fotografen.« Bolero

Daniel Zahno, geboren 1963, lebt in Basel. Für seinen Erstling, »Doktor Turban«, erhielt er unter anderem den Tübinger Poetik-Preis und den Clemens-Brentano-Preis. 2006 publizierte er den poetischen Reigen »Im Handumdrehen«. Nach Aufenthalten am Ledig House in New York und am Istituto Svizzero in Venedig schrieb er den Roman »Die Geliebte des Gelatiere«. Zuletzt erschien von ihm »Rot wie die Nacht«. Weiteres zum Autor: www.danielzahno.ch

Daniel Zahno

Rot wie die Nacht

Roman

Piper München Zürich

Mehr über unsere Autoren und Bücher:
www.piper.de

Von Daniel Zahno liegen bei Piper vor:
Die Geliebte des Gelatiere
Rot wie die Nacht

Mix
Produktgruppe aus vorbildlich bewirtschafteten Wäldern und anderen kontrollierten Herkünften
www.fsc.org Zert.-Nr. GFA-COC-001223

Ungekürzte Taschenbuchausgabe
Piper Verlag GmbH, München
August 2011

Umschlag: semper smile, München
Umschlagfoto: Jean-Noel Reichel / Getty Images
Papier: Munken Print von Arctic Paper Munkedals AB, Schweden
Druck und Bindung: CPI – Clausen & Bosse, Leck
Printed in Germany ISBN 978-3-492-25947-7

Der Autor dankt der Pro Helvetia, dem Fachausschuss Literatur beider Basel und dem Kanton Freiburg für die Unterstützung.

1

Ben schaute auf das Armaturenbrett, das Orange der Leuchtanzeige. Seit sie in den Wagen gestiegen waren, ja seit Markus Weill angerufen hatte, spürte er ein leichtes Unbehagen, Markus' Stimme hatte irgendwie anders geklungen, nicht so jovial wie sonst, sondern seltsam fern und fremd, und diese Färbung hatte ihn aufhorchen lassen. Er presste die Kiefer aufeinander und fühlte die Trockenheit in seinem Mund, seine Augen waren müde, die halbe Nacht hatte er Filme geschaut, wie er es häufig tat – Renoir, Resnais, Rohmer –, um sich inspirieren zu lassen und von ihnen zu lernen. Womöglich hätte er das Treffen absagen sollen, aber er hatte keinen Sinn darin gesehen; wenn Markus etwas von ihm wollte, würde er die Sache früher oder später auf den Tisch bringen, die Dinge kamen so oder so ans Tageslicht, selbst wenn oder gerade weil sie verschwiegen wurden, es war nur eine Frage der Zeit, jetzt aber war er verstimmt, denn während er fuhr, spürte er, dass es naiv gewesen war, dieser Fahrt zuzustimmen.

Er blickte zu Markus hinüber, der stumm aus dem Fenster schaute, auf die von Misteln überwucherten Bäume der Petite Camargue Alsacienne. Warum redete er jetzt nicht? Hatte er dieses Treffen arrangiert, um ihn anzuschweigen? Jetzt war der Zeitpunkt gekommen, die Katze aus dem Sack zu lassen und reinen Tisch zu machen, er fühlte es, aber Markus Weill schien es nicht zu fühlen oder ließ ihn bewusst verstreichen.

Verärgert schaltete Ben einen Gang höher und beschleunigte, es war kaum Verkehr, er hatte die Route über die Überlandstraße gewählt, weil er lieber auf Überlandstraßen fuhr als auf der Autobahn, man hatte mehr von der Landschaft, und es war ein ganz anderes Fahrgefühl, vor allem in den Kurven. Aber das Vergnügen an Geschwindigkeit und Fliehkraft wollte sich nicht einstellen, zu sehr waren seine Gedanken woanders, er dachte an Alena, daran, wie alles begonnen hatte, in jenem Zug, irgendwo in der Nähe von Mailand, und wie jetzt alles zu enden drohte, in diesem Opel, der nicht der seine war, den er nur für ein paar Tage von Steve geliehen hatte. Er stellte die Musik leiser, die raue Stimme von Alanis Morissette, und wartete, vielleicht war es zu laut gewesen für ein ernsthaftes Gespräch, aber Markus schwieg weiterhin, und wenn er redete, dann über die

Fischer an den Kanälen oder Bayern München gegen Barcelona.

Sie passierten Getreide- und Gemüsefelder, Rüben, Kohl, Karotten, dann wieder Weizen und Mais, immer wieder Mais, zwei bis zweieinhalb Meter hoch, die Kolben in grüne Blätter gehüllt. Er erinnerte sich, dass er als Kind Maiskolben gesammelt hatte, wie kleine Trophäen, um dann zu Hause die Maiskörner als Pucks für sein Hockeyspiel zu verwenden, das er auf dem dunkelroten Teppich spielte, und dass er sich einmal in einem Maisfeld versteckt hatte, weil er nach den Ferien bei der Großmutter, die ihn mit Zuckerwasser und gebrannten Mandeln verwöhnt hatte, nicht mehr nach Hause wollte. Die Maisfelder der Rheinebene waren riesig, viel größer als jene neben dem Häuschen der Großmutter, wohin man auch schaute, wurde angebaut, endlose Flächen, deren Weite seinen müden Augen gut tat, der Blick konnte schweifen, ohne irgendwo anzustoßen, während seine Gedanken eine winzige Weile ins Undenkbare glitten.

Markus löste die Gurte, offenbar schnitten sie ihn ein, vielleicht fühlte er sich unwohl oder eingeengt, er machte keine Bemerkung, er löste sie einfach und wies mit der Hand auf die Bussarde, die über der Ebene kreisten, ohne Flügelschlag, getrieben nur vom Wind, wie es schien, brillante Segler, die kaum an Höhe verloren und die immer selben Kreise immer neu zu ziehen wussten. Schwerelos glitten sie durch die Lüfte, und es schien ausgeschlossen, dass einer von ihnen je hinunterschießen würde, um seine ahnungslose Beute im Sturzflug zu überraschen.

In Hombourg legten sie einen kurzen Zwischenhalt ein, um den Durst und den kleinen Hunger zu stillen, aber das Dorf war beinahe ausgestorben, wie fast alle Dörfer der Gegend, die Gaststube verriegelt, die Bäckerei geschlossen, der Laden »fermé«. Man arbeitete in den nächstgrößeren Zentren, in der Chemie in Basel oder bei Peugeot in Mulhouse, die senfgelben und rosafarbenen Häuschen schienen verlassen, bis auf die Hunde, die in den Vorgärten anschlugen, wenn sie zu nahe kamen.

»Soll *ich* weiterfahren?«, fragte Markus wie beiläufig, als sie unverrichteter Dinge wieder zum Opel zurückkehrten, aber Ben ging nicht darauf ein, er fuhr gerne, auf dem Beifahrersitz verfiel er womöglich noch mehr in seine Grübeleien, so aber war er gezwungen, sich zu konzentrieren. Er sah auf die Uhr, in einer Stunde würden sie in Straßburg eintreffen. Dass Markus nicht zur Sache kam, ging ihm auf die Nerven, er hatte nicht viel Zeit, sein neues Filmprojekt verlangte reichlich Vorbereitung, er brannte darauf, das Drehbuch weiterzuentwickeln, aber er schwieg, es lag nicht an ihm, das Thema anzuschneiden, vielleicht wartete Markus nur darauf, bis sie in Straßburg waren, am Telefon hatte er ausdrücklich auf Straßburg bestanden, obwohl man das Ganze doch auch zu Hause hätte besprechen können.

Als er den Motor anließ, fragte sich Ben, ob er sich vielleicht doch schuldig fühlte, aber er hatte ein reines

Gewissen – er hatte diese Ehe nicht zerstört, sie hatte schon vorher gebröckelt, Alena hätte gewiss nichts begonnen, hätte sie nichts beginnen wollen. Er hatte nichts erzwungen, er hatte die Dinge einfach genommen, wie sie kamen, ohne vorbedachten Plan, wie von alleine hatte sich alles entwickelt und gefügt, Markus Weill aber schien jetzt alles in eine andere Richtung lenken zu wollen.

Vorsichtig fuhr er los, überholte einen Radfahrer mit von Schweiß glänzenden Waden und verbrannten Unterarmen, und schaltete hoch, die Straße war gut ausgebaut, Verkehr gab es kaum. Markus zündete sich eine Zigarette an und rauchte, ohne den Rauch zu inhalieren, er lächelte einen Moment und richtete den Blick auf ihn. Ob der Zeitpunkt jetzt gekommen war? Aber Markus sah ihn nur an und schwieg, sein Ausdruck war weniger gequält als zuvor, wohlwollend beinahe, als ob sein Blick etwas bestätigt gefunden hätte, was er schon lange vermutet hatte. Das Schweigen verstimmte Ben, auch wenn er kein Mensch war, der Stille nicht aushielt.

»Warum willst du ausgerechnet nach Straßburg?«, fragte er plötzlich, noch bevor er sich richtig überlegt hatte, wie er das Schweigen brechen könnte.

Markus Weill schien die Frage überhört zu haben, er taxierte Bens Profil, seine Lippen umspielte ein verlegenes Lächeln, den Blick ließ er auf ihm ruhen, vielleicht um zu zeigen, dass er sich nicht einschüchtern ließ und seinen Blick nicht fürchtete, bis sich seine Augen, als könnten sie durch ihn hindurchsehen, in den seinen verloren, so dass es den Anschein hatte, als hätte er gerade an etwas anderes gedacht und die Frage gar nicht gehört. Ben fragte erneut:

»Warum ausgerechnet nach Straßburg?«

Markus starrte gedankenversunken auf das Handschuhfach, in dem Karten von Frankreich, Deutschland und Italien lagen sowie eine kleine Filmrolle, die Steve vergessen hatte.

»Ich hab da mal jemanden gekannt.«

Ben sah auf die Hochspannungsleitung, deren Drähte sich ins Endlose zu spannen schienen, am Horizont stand eine gewaltige Dampfwolke, wahrscheinlich vom Atomkraftwerk in Fessenheim. Ein beunruhigendes Gefühl kam in ihm auf, wie damals, als man ihm die Tiefkühltruhe ins Kinderzimmer gestellt hatte und er wegen des Lärms nicht mehr hatte schlafen können, stundenlang war er nachts im matten Schein vor der brummenden Truhe gesessen, hatte verstört auf die Lämpchen gestarrt, grüne, gelbe und rote Lämpchen, ohne zu begreifen, oder vielleicht hatte er nur zu gut begriffen.

»Früher?«

»Ja.«

Sie schwiegen wieder. Durch das offene Fenster hörte man das gespenstische Surren der Hochspannungsleitungen und das Krächzen der Krähen, die zu Dutzenden auf den Drähten saßen. Der herbe und frische Geruch des Herbstes drang ins Wageninnere, der Geruch von gefallenem Laub und gesammeltem Holz, von brachliegenden oder schon abgeernteten Feldern. Mitten in der

Ebene entdeckte Ben einen Wasserturm, wie man sie in Frankreich häufig sieht, wie ein überdimensionaler Pilz ragte das Bauwerk aus der Landschaft und warf einen Schatten in ihre Richtung.

»Ben«, begann Markus ernst und leise, um dann eine Pause zu machen, als suchte er nach den richtigen Worten. Ben schaute Markus nicht an, sondern blickte auf die Fahrbahn und bemerkte etwa hundert Meter vor sich einen riesigen Mähdrescher, der in einem Maisfeld rechts neben der Straße langsam seine Bahn zog, ein eindrucksvolles Gefährt, das ihn an den Spielzeugmähdrescher erinnerte, den er als Junge besessen hatte, ein grünes, etwa zwanzig Zentimeter großes Ding mit ausschwenkbarem Auslaufrohr und Entleerungsschnecke, einer Haspel, die sich über dem Messerwerk drehte, und einem Korntank, den man füllen und leeren konnte, alles sah er plötzlich ganz deutlich vor sich, obwohl er seit Jahren nicht mehr daran gedacht hatte, ein vielseitiges Spielzeug, wenn auch die einzelnen Teile zu seinem Ärger nicht zusammenwirkten – was die Haspel einfuhr, wurde nicht in den Tank transportiert, und es schoss merkwürdigerweise auch nichts aus dem Rohr –; ein ziemlicher Betrug, wie er beim ersten Spielen festgestellt hatte, so dass er den Mähdrescher nur selten hervorholte, wie auch diese Bauern ihre Mähdrescher wahrscheinlich nur selten aus ihren Scheunen holten, nur im Herbst, während weniger Wochen, wenn die Ernte es verlangte.

»Ja?«, fragte er schließlich. Er schaute auf den Tacho, der in orangen Digitalziffern sechzig Stundenkilometer anzeigte, blickte wieder hoch, der Mähdrescher vorne war nicht grün, sondern weinrot, die Maschine wendete am Rand des Maisfelds und machte, Unmengen von Spreu und Staub aufwirbelnd, einen ungeheuren Lärm.

»Ben«, hob Markus noch einmal an, diesmal lauter, weil sonst der Mähdrescher seine Stimme geschluckt hätte, immer noch mit demselben Ernst, demselben Schmerz in der Stimme, die ihn schon am Telefon beunruhigt hatten und die ihn nicht hatten schlafen lassen, doch in dem Augenblick, in dem er zu Markus hinüberschaute, verließ der weinrote Koloss den Feldweg und schwenkte mit dem Heck auf die Fahrbahn aus. Als Ben sich im nächsten Moment wieder auf die Straße konzentrierte, sah er unmittelbar vor sich das Ungetüm und auf der anderen Straßenseite eine Gruppe von entgegenkommenden Radfahrern, so dass er nirgends ausweichen konnte, stattdessen in einem Reflex voll auf die Bremse trat, und die Zeit sich in diesem Bruchteil einer Sekunde zu dehnen oder zu verflüchtigen schien und er sich wie in einer unendlichen Gegenwart von ihr befreit fühlte, Alenas Lippen schossen ihm durch den Kopf und Markus und seine Mutter und sein Vater, den er nie gekannt hatte und den er jetzt zu sehen meinte, vielleicht würde sein Leben jetzt rückwärts an ihm vorbeiziehen, wie es Leute, die beinahe gestorben waren, erzählten, vielleicht würde auch einfach plötzlich alles finster, andere hatten es schon geschafft oder schaffen müssen, aber das war kein Trost, er war nicht damit einverstanden, er wollte noch nicht sterben und umklammerte mit aller Kraft das Steuer, als ob es ihn retten könnte, er roch Markus' Schweiß, fasste das Steuer noch fester an, so dass er die Aorta im Bauch spürte, die zuckte, wie sie es vielleicht nie mehr tun würde, ein Bild stellte sich ein, er als dreijähriger Junge mit zu großer Sonnenbrille, unglaublich, dass er einmal so klein gewesen war, wie ähnlich er sich da schon sah, der Tod würde diese Ähnlichkeit für immer auslöschen. »Ben« hörte er noch einmal, Markus sagte, flüsterte den Namen, dann aber sah und hörte und roch er nichts mehr.

2

In dem Zug, der Filmer, Schauspieler und Interessierte von der Biennale zurück nach Zürich fuhr und in dem er seiner Flugangst wegen einen Platz hatte reservieren lassen, war er in Alenas Nähe gesessen, hatte mit einer älteren Dame zu seiner Rechten über seinen letzten Film geplaudert, als er Alenas Blicke spürte. Gelegentlich schaute er zu ihr hinüber, nicht zu oft, um die Dame, mit der er redete, nicht zu verletzen, ihre Ausstrahlung war ihm sofort aufgefallen, ihre neugierigen Augen, die vollen Lippen, das weich fallende schwarze Haar, das Gesicht, das Interesse und Zuversicht ausstrahlte, ihre schicke Kleidung, die rote Bluse unter dem schwarzen Gilet, die sehr langen Beine in den schwarzen Lederhosen, dazu ihre flachen, dunkelbraunen Halbschuhe, die ihm sehr gefielen (er mochte schöne Schuhe ohne

Schnickschnack). Trotzdem war er skeptisch, wie immer, wenn er einer Frau begegnete, die ihn interessierte.

Alena, die ihm zur Linken schräg gegenüber saß, hatte wahrscheinlich einige Brocken des Gesprächs aufgeschnappt, er hatte der Dame die Lichtführung einer Szene erklärt, das weiche Licht einer Halogenwanne, und dies auf eine Art und Weise, die sie aufhorchen ließ. Immer unverhohlener schaute sie zu ihm hinüber, so dass es ihn einige Mühe kostete, sich auf die Fragen der Dame zu konzentrieren. Alenas olivgrüne Augen, ihr schwarzer Haarbusch und die schönen Schuhe verdrehten ihm mehr und mehr den Kopf, lieber hätten seine Blicke ohne Umschweife die ihren gesucht, als nur gelegentlich verschämt zu ihr hinüberzuwandern, während ihn das Gespräch mit der wissensdurstigen, ehrfürchtigen Hobbyfilmerin je länger, je mehr verdross, weil es ihm seine Schwächen nur allzu deutlich vor Augen führte: seine übertriebene Höflichkeit, seine Unfähigkeit, eine langweilige Unterhaltung abzubrechen. Wenn er weiter auf die Dame einging, machte er womöglich seine Chance zunichte, da sie auf der falschen Seite saß, so dass seine Antworten immer knapper ausfielen und seine Blicke immer länger abschweiften, bis er ihr schließlich ein mitgeführtes Drehbuch in die Hand drückte, was sie für eine Weile beschäftigte und ihm Zeit gab, sich in aller Ruhe zurückzulehnen und sich gerade hinzusetzen. Nun, da er in Alenas Richtung hätte blicken können, tat er es nicht, es fiel ihm nichts ein, was er hätte sagen können, wie ihm meist nichts einfiel, wenn er einer schönen Unbekannten begegnete oder überhaupt einem Menschen, den er nicht kannte und gerne gekannt hätte, so dass er einfach dasaß und auf die gegenüberliegende blaue Kopfstütze starrte, während seine Gedanken sich im Olivgrün ihrer Augen verloren.

»Du bist Regisseur?«

Es war Alena, die den ersten Schritt machte, auch wenn nie ganz klar ist, wer den ersten Schritt macht oder dazu gezwungen wird, ihn zu machen, vielleicht war es für sie kein Problem, ihn zu machen, oder zumindest das kleinere als für ihn, vermutlich hatte er sie mit seinen Blicken dazu gezwungen, so wie er es ausgezeichnet verstand, andere zum ersten Schritt zu veranlassen, oder vielleicht war doch er es gewesen, der ihn gemacht hatte, mit seinem unmerklichen Aufmerken, als er ins Abteil trat und sie sah, mit seiner nur schlecht getarnten Neugier, oder vielleicht hatten sie ihn beide gemeinsam getan mit ihrem kurzen gegenseitigen Abschätzen, ohne das es keinen ersten Schritt gegeben hätte und das vielleicht schon der erste Schritt gewesen war.

»Du bist Regisseur?«

Er war etwas verblüfft, dass sie ihn duzte, doch trotz seiner Verwunderung schenkte er ihr ein Lächeln. Er freute sich, dass sein Plan aufgegangen war, und es schmeichelte ihm, dass sie ihn angesprochen hatte.

»Ja. Man hat mich zum ersten Mal zur Biennale eingeladen.«

Er machte eine Pause und schaute in ihr Gesicht, das ihn nun, da er es in aller Ruhe ins Auge fasste, noch mehr bezauberte. Die Züge waren klar, scharf, von arabischer Kontur, die Brauen fein geschwungen, nach außen hin sich verdünnend und leicht hochgezogen, Brauen, von denen er sich gut vorstellen konnte, wie sie sich anfühlten, wenn man mit dem Zeigefinger sachte über sie hinwegstrich.

»Und was hast du gedreht?«

»*Crimes on a Pillow.*«

»*Crimes on a Pillow*?«

Ihre Stimme war klar, etwas dunkel vielleicht, mit einer Spur Männlichkeit darin, letztlich aber doch eine angenehme Frauenstimme, die zu ihren Lippen passte, üppig und kraftvoll.

»Ja, das ist mein bekanntester Film, der auch in die Kinos gekommen ist. Meine Kurzfilme kennt man weniger.«

Er blickte auf ihre großen beringten Hände, die unablässig in Bewegung waren, ihre langen, gepflegten Finger, die etwas Zupackendes und doch auch Fragiles hatten, ihre länglichen Nägel, die so viel länger waren als die seinen.

»Und was machen Sie?«

Sie lächelte kurz, und in ihrem Lächeln schien etwas von ihrem Wesen aufzublitzen, etwas Frisches und Freies.

»Ich arbeite als Journalistin und studiere nebenbei noch Soziologie.«

Sein Blick richtete sich auf die winzigen Fältchen, die unter dem tiefroten, aber nicht zu dick aufgetragenen Lippenstift unablässig den Bewegungen der Lippen folgten, auf diese Fältchen und die leicht hochgezogenen Brauen, die in einer geschwungenen Linie über den Lidern lagen.

»Ich mache für das Fernsehen eine Story über die Biennale – Tips, Trends, Talente.«

Als er das Wort »Fernsehen« hörte, horchte er auf, wollte die gegenseitige Sympathie aber nicht durch Geschäftliches beeinträchtigt wissen.

»Und sonst?«

Er hatte das »Sie« und das »Du« vermieden, was diesen seltsamen unvollständigen Satz ergab, der ihm ziemlich mißfiel. Zweifellos konnte er die Entscheidung zwischen der zweiten und der dritten Person noch weiter hinausschieben oder auch ganz vermeiden, was aber mit der Zeit sehr anstrengend wäre und dem Gespräch gewiss nicht förderlich.

»Im Moment recherchiere ich für eine Sendung über Todesrituale in verschiedenen Kulturen.«

Beim Wort »Todesrituale« kamen ihm die Silberfischchen in den Sinn, die sich in den Ritzen und Rändern seines Badezimmers herumtrieben und dann und wann auch auf offene Flächen verirrten, um bei der geringsten Berührung zusammenzuzucken, sich wie Märtyrer auf dem Boden zu winden und sich schließlich zu kleinen unbeweglichen Bällchen zusammenzukugeln. Er war freilich nicht sicher, ob die braunen Würmchen auf dem Novilon wirklich Silberfischchen waren oder andere Tierchen, aber sie mussten einen Namen haben, deshalb waren es für ihn Silberfischchen, die ihn auf seltsame Weise zu bedrohen schienen, selbst wenn sie sich aus ihren Ritzen und Löchern kaum in seine Nähe getrauten. Ihre stille Anwesenheit oder sein Wissen um ihr nahes Schlängeln und Winden versetzte ihn in merkwürdige Unruhe, er war befremdet, wie rasch sie sich vermehrten, und trotzdem wagte er es aus einer Art Scheu oder Ehrfurcht vor dem Leben nicht, sie aus dem Weg zu schaffen; die kecken Tierchen mit einem Papiertaschentuch zu packen und aus dem Fenster zu werfen, schien ihm zu mühsam und zu aufwendig, sie einfach hinunterzuspülen verwerflich; also ließ er sie gewähren und hoffte auf die Spinne, die in einer unteren Ecke seines Badezimmers ihr Netz gespannt hatte und in einer Ritze beim Türrahmen geduldig auf Beute lauerte. Er hatte einmal beobachtet, mit welcher Schnelligkeit sie ein in ihr Netz geratenes, um sein Leben zappelndes Silberfischchen mit Faden umsponnen und so zu einer Art Mumie gemacht hatte, die noch eine gewisse Zeit, in der Luft hängend, weiterzappelte, bis ihre Bewegungen nach und nach schwächer wurden und schließlich ganz verebbten.

3

Zu Hause ließ er seine schwarzen Schuhe über die Bettkante hinaushängen; er hatte sie nicht ausgezogen und seinen Kopf nicht auf das Kissen gebettet, sondern leicht unterhalb davon, so dass die Pollini Torpedos mit den spiegelnden Schnallen die Decke nicht beschmutzten. Vom Laken aus schielte er auf seine Schuhspitzen und war erstaunt: Sie glänzten, obwohl er in den Schuhen eine Woche lang durch Venedig gestreift war, durch schmutzige Calli und über staubige Plätze, obwohl sie in dunklen Sälen gewesen waren und in neonhellen Bars, am Hafen und an anderen Orten, wo es nicht weiterging, doch sie glänzten, als ob ein Regen, den er vor lauter Filmen nicht bemerkt hatte, das seinige dazu getan hätte. Es war ihm unverständlich – wie alles andere auch, was in diesem Zug passiert war, was nie hätte passieren können, wäre er nicht zum ersten Mal zur Biennale eingeladen worden. Nach all den Jahren der kleineren und größeren Niederlagen hatte sich bei ihm ein Zustand von Ruhe und Gelassenheit entwickelt, was sollte er sich aufregen über Demütigungen, was sollte er kämpfen, wo ihn doch vieles grotesk anmutete, was auf dieser Welt geschah. Die Begegnung mit Alena hatte diesen fast schon fatalistischen Zug erschüttert. Wie das Glänzen der Schuhe konnte er sich seine Regung nicht erklären, er begriff nicht, was geschehen war, wusste nur, dass er etwas unternehmen musste, dass er nicht einfach dasitzen und warten konnte, bis Alena sich meldete, wenn sie sich überhaupt meldete. Sie hatte ihm ihre Adresse nicht gegeben, was ein schlechtes Zeichen war, aber schließlich hatte *sie* den Vorschlag gemacht, zu schreiben, nicht er. Er streckte seine Zehen, so dass er die Bewegung des Leders sehen konnte, die feinen Fältchen auf den Spitzen, die winzigen Sprünge auf den Zungen, und während er seine Schuhe musterte, entschloss er sich, ihr einen Brief zu schreiben. Nachdem sie im Zug den ersten Schritt getan hatte, schien es ihm nur natürlich, dass er den zweiten tat – er wusste ja, wie sie hieß, im elektronischen Telefonbuch würde er ihre Adresse ausfindig machen. Er stand auf, ging zum Schreibtisch, griff nach Papier und Kugelschreiber und suchte einen Anfang, und entgegen seinen Gewohnheiten, seinem Sinn für Ordnung und Sauberkeit, zog er seine Pollini Torpedos nicht aus, vielleicht, weil sie ihn an die Begegnung erinnerten, die für ihn noch nicht vorüber war, solange er die Schuhe nicht abstreifte und an ihren gewohnten Platz stellte. Auch die Tasche hatte er noch nicht ausgepackt, die Kleider, die Toilettensachen, das Drehbuch nicht wieder an die Orte gelegt oder gestellt, wo sie hingehörten, sie sollten noch eine Weile zusammen in der Tasche bleiben, nicht zurückkehren in den Schrank, auf den Schreibtisch oder in den Wäschekorb, als ob das den Abschluss der Reise noch ein wenig hinausgezögert hätte.

Er begann seinen Brief ohne Anrede, er würde sie am Schluss hinzufügen, wenn er wusste, wie der Ton seiner Zeilen war. Während er schrieb, schweiften seine Gedanken zu den feinen Fältchen um ihre Augen, von denen sie gesprochen hatte und die ihm nicht aufgefallen waren, und zu den winzigen auf ihren Lippen, über die sie kein Wort verloren und die er sofort bemerkt hatte, und er dachte, ohne es wirklich zu denken, dass sie in diesem Moment vielleicht an ihn dachte. Er versuchte, sich an ihr Gesicht zu erinnern, es in seinem Kopf aufleben zu lassen, aber es war mehr ein Geruch oder ein Geschmack, der sich einstellte, es waren Geräusche wie das Knautschen der Lederhosen oder das Klirren ihrer Armreifen, doch Nase, Augen, Stirn waren weg, nicht viel mehr als Schemen, kaum zu erinnern oder zu fassen, nur die Fältchen waren noch da, die feinen Fältchen um die Augen und die winzigen auf den Lippen. Indessen schrieb er von glänzenden Schuhen und funkelnden Ringen, schrieb von einem Filmfestival, zu dem er sie gerne einladen würde, von seinem Wunsch, sie wiederzusehen und mit ihr die Gedanken schweifen zu lassen. Als er fertig war, ließ er den Brief auf dem Tisch liegen, er wollte ihn am Morgen noch einmal überfliegen und mit anderen Augen lesen, bevor er ihn auf die Post bringen würde.

Er legte sich wieder aufs Bett, legte seinen Kopf unterhalb des Kissens, die Kleider zog er nicht aus, er würde sowieso kaum schlafen in dieser Nacht, seine Gedanken würden zu ihr wandern, während seine Schuhe über die Kante hingen. Ihr schwarzes Haar kam ihm in den Sinn, ihre hochgezogenen Brauen, er fragte sich, wie wohl ihre Ohren waren, bei der Preisverleihung in Venedig war er in einer hinteren Reihe gesessen und hatte die vielfältigsten Ohren gesehen, ganz kleine, rosarote hatten sich vor ihn hingesetzt, Ohren eines jungen Regisseurs, unmittelbar daneben die riesigen Ohren eines alten Meisters, abstehende Elefantenohren, in denen ein Hörgerät für Töne sorgte oder sorgen sollte, denn der Meister schien nicht alles zu verstehen, was am unsicheren Drehen und Wenden des Kopfes zu bemerken war, das Klatschen des Meisters kam spät, wenn überhaupt, auch die Ohren weiter vorne waren ungemein vielfältig gewesen, Ohren aller Größen und Formen und Farben, im Zug aber hatte er vor lauter Haaren Alenas Ohren nicht gesehen, nicht gesehen, ob es Läppchen waren zum Beißen oder Lutschen oder Knabbern, ob die Ohren vorwitzig herausstanden oder sich weich an den Kopf schmiegten, ob sie rosig, hell- oder dunkelrot waren, er wusste nur, dass diese Ohren ihm aufmerksam zugehört hatten. Er fragte sich, was Alenas Ohren in diesem Augenblick wohl hörten, vielleicht klassische Musik oder die Stimme einer Freundin oder den Schrei eines nächtlichen Tiers, vielleicht auch gar nichts, wenn sie schon schlief, es sei denn, sie träumte. Aber womöglich war sie ja noch wach und ließ ihre Gedanken um ihre Begegnung kreisen, lag auf dem Bett, einem türkisblauen Kissen, und versuchte, sich an sein Gesicht oder seine Stimme zu erinnern, vielleicht hatte sie eine Kerze angezündet und dachte an Todesrituale, oder sie massierte sich die Schläfen mit einer Creme, um den Kampf gegen Zeit und Fältchen zu gewinnen, gewiss hatte sie jetzt die schönen dunkelbraunen Schuhe ausgezogen und ging auf Strümpfen, wenn sie noch auf war und nach der Bromelie oder dem Kaktus schaute und sich in der Küche mit einem Glas kalter Milch erfrischte.

Aber was wusste er schon von ihrem Leben, von ihrer Vergangenheit? Was wusste er schon, außer dass der Tod sie beschäftigte? Eigentlich wusste er nichts, und doch war ihm, als wüsste er alles. Lag es an ihrem Blick, am sanften, neugierigen Ausdruck ihrer Augen, der ihm auf seltsame Weise vertraut schien? Oder lag es an ihrem schweren orientalischen Parfum, das wie der würzige Duft einer Zeder in ihm hängen geblieben war und das ihn träumen ließ? Er zog die Schuhe aus und hatte das Gefühl, im Zimmer rieche es nach Orient, er sah Olivenbäume, Pinien, Zypressen und streckte sich aus, als läge er unter solchen Bäumen und schaute in die Weite des Himmels. Schläfrig schlüpfte er unter die Decke und stellte sich vor, wie es wäre, diese Weite zu teilen, knipste die Lampe aus und schloss die Augen.

Aber trotz seiner Erschöpfung fand er nicht in den Schlaf, wälzte sich im Bett herum, blinzelte in die Dunkelheit, sah das Mondlicht, das auf ihn fiel, und erinnerte sich, dass er vor Jahren ein Buch über den Tod gelesen hatte, er müsste es suchen in seinen Bücherbergen, wenn er es noch besaß und nicht verschenkt hatte oder wenn es nicht einer Trennung zum Opfer gefallen und aus Versehen im falschen Büchergestell gelandet war, viele Bücher hatte er auf diese Weise verloren und einige, mit denen er nichts anfangen konnte, gewonnen. Vielleicht war darin ein Abschnitt über Todesrituale enthalten, er meinte sich an Gesänge zu erinnern, an Schmuck und andere Schätze, die den Toten in gewissen Kulturen mitgegeben wurden, bisweilen auch Waffen oder Werkzeuge. Hieronymus Boschs »Aufstieg ins Empyreum« war in dem Band abgebildet gewesen, ein Gemälde, auf dem Engel die Toten durch eine Röhre, eine Art Tunnel oder Trichter oder strahlenden Korridor ins Jenseits geleiten, hin zu einem intensiven Licht am Ende des Tunnels, vergleichbar jenem, von dem beinahe Verstorbene berichten. Die Idee dieses Lichts hatte ihm immer gefallen, so wie ihm auch das Gemälde gefiel, dieses Schweben und Steigen, aber er erinnerte sich auch an den Kommentar, der den Tunnel und das Licht als Projektion der Geburtserfahrung deutete, als Erinnerung an die eigene Geburt, ein Gedanke, der ihm sofort eingeleuchtet und ihn zugleich erschüttert hatte. Das Licht

– das war ihm bei seinen Filmen das Wichtigste. Stundenlang konnte er am richtigen Licht arbeiten, und er wusste genau, wann es da war und wann nicht, wann es natürlich und wann es künstlich sein musste, Lichtspieltheater sagte man früher, er mochte dieses Wort und dieses Spiel mit Licht, weshalb ihn auch Gemälde faszinierten, die zwischen Hell und Dunkel changierten, wie das von Bosch oder auch jenes von Fragonard, »Die Schaukel«, auf der die Geliebte in die Höhe schwingt, im strahlendsten Licht, während der Liebhaber unten in den Büschen staunend nach oben schaut, wie sie in der Luft neckisch ihren Schuh abstreift, und man weiß nicht, schaut er ihr in die Augen oder unter den fliegenden Rock, er im Halbdunkel, sie im Hellen, der Schuh im Flug, im Hintergrund ein Bischof, der die Schaukel mit einem Seil in Bewegung hält, und die Füße der Geliebten gewiss malträtiert, weil die Schuhe viel zu klein sind, ein Bild voller Leichtigkeit und Zartheit, voller Bewegung und Schalk. So wollte er seine Filme machen, mit dieser Frische, dieser Farbigkeit, diesem zarten, graziösen Ton, Filme wie ein Schuh, der durch die Luft fliegt, so hatte er *Crimes on a Pillow* gedreht, so würde er seinen nächsten Film drehen, und er stellte sich Alena vor, auf der Schaukel, wie sie in die Höhe schwingt und dabei vor Übermut einen Schuh abstreift, der andere an einem Finger baumelnd, sie schauten sich an, die Hand mit dem Schuh hielte sich am Seil, mit der anderen striche sie das flatternde Haar aus der Stirn, so dass ihre Armreifen klirrten, und er wartete unten, in den Büschen, bis sie ihm in die Arme flöge, und er war sicher, sie würde es tun, würde in seine Arme fliegen und ihn küssen, aber natürlich wusste er auch, dass man so nicht einschlafen konnte, mit solchen Gedanken, er versuchte, an eine Schafherde zu denken, ein riesiges wollenes Schaf kam ihm in den Sinn, das über die Wiese jagte und über die Steilküste hinab blökend ins Meer sprang, wo es vor lauter Wolle fast nicht schwimmen konnte, aus der Ferne das Gelächter von betrunkenen Männern, so hatte er geträumt, er in einem fahrenden Auto, und auf der Wiese daneben dieses riesige rennende Schaf, aber man konnte nicht einfach da weiterträumen, wo man in der Nacht zuvor aufgehört hatte, schon sah er wieder Alenas schwarze Haare, die Strähne, die ihr ins Gesicht fiel, wie eine Locke aus einer anderen Zeit, er presste die Augen zusammen, so dass es schmerzte, Lichter tauchten auf, Farben, Flecken, die verschwammen, ineinander übergingen, nein, so würde er nicht schlafen können, mit diesem verkrampften Ausdruck und diesen flüssigen Tönen im Kopf, todmüde drehte er sich um und versuchte noch einmal, sich an ihre Augen zu erinnern, aber bloß ihre Fältchen stellten sich ein, die feinen Fältchen um die Augen und die winzigen auf den Lippen, in denen sich sein Blick verloren hatte wie auf ihren dunkelbraunen Schuhen, diesen wippenden Schuhen, die ihn schließlich doch in den Schlaf schaukelten, obwohl er sich schlaflos glaubte und die halbe Nacht träumte, er sei wach.

4

Kaum hatte er den Brief eingeworfen, begann es in seinem rechten Ohr zu pfeifen. Das Pfeifen im Ohr ist ein Zeichen dafür, dass jemand an dich denkt, hatte seine Mutter immer zu ihm gesagt, und auch wenn er jetzt älter war, älter als damals seine Mutter, hatte er noch immer das Gefühl, dass jemand an ihn dachte, wenn es leise im Ohr pfiff, meist im einen, nicht in beiden Ohren zugleich, und jetzt pfiff es, und er dachte, dass Alena an ihn dachte, während sie vielleicht einen Bericht verfasste. Wenn das mit dem Pfeifen stimmte, musste es freilich auch umgekehrt funktionieren, und weil er den ganzen Abend, die halbe Nacht und auch am Morgen ständig an sie gedacht hatte, musste es in ihrem Ohr ununterbrochen gepfiffen haben. Er versuchte, an jemand anderen zu denken, was jedoch schwierig war, zumal vor seinem inneren Auge immer wieder die winzig feinen Fältchen ihrer Lippen auftauchten. Er zwang sich, an Steve zu denken, mit dem er auf der Filmakademie gewesen war, ein übergewichtiger Typ mit Glatze und Schwielen an den Händen, der in Florida gerade eine Fernsehserie drehte, doch mit einem Mal rutschte wieder der schwarze Haarbusch ins Bild.

Zu Hause begann das Warten auf ihre Antwort, auf ein Zeichen, einen Brief oder vielleicht auch einen Anruf, selbst wenn Alena nicht gerne telefonierte, rief sie aus einer Laune heraus vielleicht doch plötzlich an, voller Erwartung sah er dem Kommenden entgegen, was immer es auch sein mochte, dem »Ja« oder dem »Nein« oder dem »Vielleicht«, seine Gedanken kreisten um das, was er begehrte und erhoffte, was er vielleicht bekam oder was geschehen könnte, ein Zustand des Schwebens, der ihn mit Nervosität erfüllte und ihm zusetzte. Doch was, wenn sie nicht antwortete, wenn sie den Brief zum Altpapier legte oder als stillen Triumph an einem geheimen Ort verwahrte? Wenn es für sie eine ganz normale Begegnung gewesen war, wenn sie alles ganz anders erlebt hatte, so wie verschiedene Leute dasselbe bisweilen ganz unterschiedlich erleben? »Ich werde mich melden«, hatte sie beim Abschied gesagt – das würde sie wohl tun, nachdem sie es gesagt hatte, ihre Offenheit, ihre Neugier sprachen dafür, auch wenn er diesen Satz schon oft gehört und die betreffenden Leute meist nie mehr gesehen hatte. »Ich werde mich melden«, hatte sie gesagt, und jetzt hatte er sich gemeldet, hatte entgegen seinen Gewohnheiten die Initiative ergriffen; nun aber blieb ihm nichts anderes übrig, als zu warten.

Wie am Abend zuvor lag er auf dem Bett, seine Füße und seine Gedanken hingen über die Kante, um zu baumeln und zu schweifen, er verlor sich in seinen Träumen, bis er sich nach einer Weile aufrichtete und im nahen Spiegel sich selbst erblickte. Er sah einen noch jungen Mann in einem weißen Hemd, einem schwarzem Gilet und einer beigen Jeans. Er sah den braunen Schopf, die Geheimratsecken, die sich in den letzten Jahren gebildet hatten. Er sah seine Augen, die etwas müde waren, seinen leicht abwesenden Blick, Ihren Schlafzimmerblick, hatte eine Dozentin der Filmakademie einmal gesagt, ich kenne und durchschaue Sie mit Ihrem Schlafzimmerblick, hatte sie gesagt, er wusste nicht, was sie meinte, eine sehr robuste, beinahe soldatische Person, die ihren Dackel »Lysistrata« nannte. Er sah seine Wimpern, die etwas zu lang waren und seinem Gesicht eine Spur Weiblichkeit verliehen, vielleicht hatte er seiner Wimpern wegen als Kind Tigerfinken tragen müssen, diese peinlichen Pantöffelchen mit der goldenen Schnalle und dem roten Rand um das Fell, ein flaumiges rotes Büschel über der Schnalle. Er betrachtete seine Füße, die in den blitzenden Pollini Torpedos steckten, lachte ein trauriges Lachen und schaute wieder in sein Gesicht. Er neigte dazu, sein Spiegelbild nicht allzu lange anzusehen, seine Blicke waren flüchtig, ein geheimer Zauber, der ihn vor sich selbst zurückschrecken ließ. Er fragte sich, ob man sich in so einen wie ihn verlieben konnte. Wenn er ihr nun nicht gefallen hatte? Oder noch schlimmer: Wenn er ihr gefallen hatte, sie ihn aber zu klein gefunden hatte? Schließlich war sie größer als er, und wenn man in Frauenzeitschriften Kontaktanzeigen las, waren immer Typen ab eins achtzig gefragt. Missmutig zog er die Schuhe aus und sah in sein verdüstertes Gesicht. Aber wenn er sich genau betrachtete, war da – abgesehen von den Geheimratsecken – auch noch etwas Jugendliches in seinen Zügen; irgendwo steckte noch etwas Unverfälschtes, das Gefühl grenzenloser Möglichkeiten in ihm, wie man es mit sechzehn oder siebzehn hat, wenn man sich zum ersten Mal verliebt.

Morgen würde sein Brief ankommen, wenn die Post ihre Arbeit tat, man konnte sich nicht darauf verlassen, gut möglich, dass sein Brief irgendwo liegen bleiben und erst später bei ihr eintreffen würde, vielleicht gerade jene Zeitspanne, die über ihre Zukunft entschied, was, wenn Alena morgen einen Mann kennenlernte, irgendeinen krauslockigen oder schlecht rasierten Fernsehjournalisten, in den sie sich Hals über Kopf verliebte, genau an dem Tag, an dem sein Brief bei ihr hätte eintreffen sollen, aber noch unterwegs war, weil ihn das Förderband oder ein Angestellter aus Versehen auf die falsche Bahn und in den falschen Sack manövriert hatte, so dass vielleicht ein oder zwei Tage verstrichen, bis das Missverständnis aufgedeckt und korrigiert würde, Zeit, in der sich die Dinge zum Schlechten wenden könnten, so dass seine Worte zu spät kamen, während die Worte des Krausgelockten zur rechten Zeit an ihr Ohr drangen und ihre Wirkung nicht verfehlten.

Morgen würde kein Brief von ihr kommen, selbst wenn die Post ihre Arbeit tat, es sei denn, sie hätte ihrerseits noch in derselben Nacht oder gleich am nächsten Tag geschrieben, ich werde mich melden, hatte sie gesagt und sagte sie in seinem Kopf noch immer, vielleicht hatte die Begegnung auch sie zum Schreiben bewegt, so dass sich ihre Briefe in der Nacht irgendwo in der Provinz kreuzten, um am Morgen beinahe gleichzeitig in ihren Briefkästen zu stecken, er würde einen freundschaftlich höflichen in den Händen halten, während sie seinen in den Händen hielte, so dass sie beide lachen müssten über die seltsame Gleichzeitigkeit ihres Tuns und gleich zum Hörer griffen, um sich anzurufen und das Telefon des anderen besetzt zu finden, ohne zu wissen, dass sie selbst die Leitung besetzten, oder er nahm ab, um anzurufen, und er hörte, ohne dass es geläutet hätte, ihre Stimme, er wäre so überrascht wie sie, Dinge, die zuweilen geschehen, beide würden sie an Magie oder an Schicksal denken.

Morgen würde er federnd zum Briefkasten hinuntergehen, gespannt würde er auf dem kleinen Vorplatz vor dem Eingang stehen, bei den metallenen Briefkästen, die in zwei Reihen nebeneinander hingen, er würde das Fach öffnen, die Zeitungen herausnehmen, die Korrespondenz, Karten aus Paris und Perugia, das übliche Zeug, das er am liebsten gleich zum Altpapier legte, einen Brief vom Herausgeber einer Frauenzeitschrift, der ihn seit Jahren mit einem Vorzugsangebot als Abonnenten gewinnen wollte, die Stromrechnung und eine Einladung eines Produzenten, eine wahllose Mischung aus Zufall und Abfall, Pflicht und Vergnügen, doch keinen Brief von Alena.

Im Laufe seiner morgendlichen Gänge zum Vorplatz würde er nach und nach beginnen, seinem Briefkasten Beachtung zu schenken, ihn zu umrunden und zu studieren: Das braune, glänzende Zeitungsfach und das etwas größere für die Pakete, den silbernen Schlitz und die verrostete Klemme, die von innen das Namensschild befestigte. Er würde seinen Briefkasten betrachten, in dem Dinge landeten, von denen andere beschlossen hatten, dass sie für ihn wichtig seien und dass er sie erhalten solle, Dinge, die ihn mit der Welt verbanden, wie die Telefonrechnung oder der Prospekt eines Modehauses, auch Dinge, die nichts mit ihm zu tun hatten, wie ein Faltblatt von Scientology oder die Einladung zu einer Hundeausstellung. Er würde zu seinem Briefkasten in Beziehung treten, würde ihn als stummen Zeugen dessen schätzen lernen, was in seinem Leben geschah, was andere von ihm wollten oder wozu andere ihn drängten. Jede Leerung bewiese, dass er existierte, dass die Welt etwas von ihm wollte, dass er nicht allein war und jeder Tag anders als der vorangegangene, selbst wenn der gewünschte Brief nicht mit dabei war. Jede Leerung verhieße die Möglichkeit des Triumphs, und diese Möglichkeit würde ihn verzaubern, es war das Mögliche, was ihn verzauberte.

Nach einigen Tagen würde er wahrscheinlich ermüden, wäre ernüchtert, nicht wirklich traurig, nur desillusioniert, weil der Brief nicht gekommen war, die Zusammensetzung der Postsendungen täglich wechselte, im Grunde aber immer dieselbe war, er würde sich ärgern, sich grämen, sich selbst bemitleiden, in Zynismus verfallen, würde zu spotten beginnen über diese Welt, die so gleichförmig und immer weniger die seine war, über das ständige Anrennen und Anklopfen an Türen, die sich schlossen, sobald er klopfte, weil alle in ihrer eigenen kleinen Welt gefangen waren und nicht aus ihr heraus kamen, er würde über seine Produktionsgesellschaft schimpfen, über die säumigen Geldgeber oder den Kameramann, der plötzlich aus dem Projekt auszusteigen drohte, weil anderswo ein lukrativeres Angebot lockte, er würde die Welt verfluchen und mit ihr seinen Briefkasten, würde ihn nicht mehr leeren und überquellen lassen, bis er die Begegnung mit Alena aus dem Gedächtnis gestrichen hätte. Dann würde er missmutig die Holztreppe hinuntergehen, auf dem Vorplatz verärgert den Schlüssel ins Loch stecken, einen Gratisanzeiger und eine Menge Werbung aus dem Fach fischen, amtliche Korrespondenz und einen großen gelben Umschlag, der seine Neugier weckte, er würde nach dem Absender suchen und keinen finden, würde auf den Stempel achten und Alenas Wohnort erkennen, würde den Geruch wahrnehmen, den der Umschlag verströmte, ein schweres orientalisches Parfum, er würde den dunklen Fleck auf dem Umschlag entdecken, der so duftete, und noch bevor er den Brief geöffnet hätte, würde er wissen, was er wissen wollte.

Als der Brief nach einer Woche eintraf, meinte er zu halluzinieren: Es war ein großer gelber Umschlag, der einen schweren orientalischen Duft verströmte, und noch bevor er den Brief geöffnet hatte, wusste er, was er wissen wollte.

5

Der Wind wirbelte Staub auf, wirbelte ihm Dreck in die Augen, so dass er sich für einen Moment die Hand vor das Gesicht hielt, die nach Trussardi roch, obschon er sie nur mit Wasser gewaschen hatte. Er rieb sich die Augen, nahm die Hand wieder weg und sah auf die Gleise, die sich in der Ferne verloren, als könnte er aus ihnen den Verlauf des Treffens lesen, als könnten sie ihm Hinweise liefern, was der Tag bringen würde. Über dem Stellwerk kreischten Möwen, von weiter hinten hörte er das Quietschen und Scheppern von Waggons, das Poltern von Kisten und Containern, die Rufe eines Bahnarbeiters, dazwischen die schrille Lautsprecherstimme und das Kullern einer Bierdose, die der böige Wind auf dem Bahnsteig vor sich hertrieb. Gespannt blickte er Richtung Westen, woher Alena kommen sollte, 11 Uhr 13 würde sie eintreffen, hatte sie geschrieben, drei Wochen nach ihrem ersten Brief, vier Wochen nach ihrer Begegnung endlich das erste Rendezvous. Er sah auf die große Uhr, die vom Dach herunterhing, natürlich war er zu früh, die Zeit hatte ihm nicht schnell genug vergehen können, wie im Flug würde sie vergehen, wenn Alena da war. Sein frisch gewaschenes Haar flatterte im Wind, die Böen brachten es durcheinander, er roch sich selbst und eilte zum Warteraum, ging aber nicht hinein, er musste sich bewegen, konnte jetzt nicht stillsitzen. Unruhig machte er einige Schritte an den Rand des Bahnsteigs, um für Augenblicke zu vergessen, dass er wartete. Dann blickte er wieder Richtung Westen, als ob er dort etwas hätte entdecken können, sah aber immer nur Schienen, glänzende Schienen.

Das kleine Mädchen kam ihm in den Sinn, das auf der Anreise mit ihm im Abteil gesessen war, es hatte unbedingt am Fenster sitzen wollen, er hatte den Platz freigemacht, nach einer Weile aber hatte es fürchterlich zu weinen begonnen, weil es den Zug, in dem sie fuhren, nicht sah. Mit einer Geschichte hatte er das kleine Mädchen zu trösten versucht, der Geschichte eines Fuchses, der eines Nachts auf einen abgestellten Lastwagen aufspringt und nach langem Schlaf und langer Fahrt in der Wüste landet; in einer Kurve hatte er ihr die Lokomotive und die vorderen Waggons gezeigt, und plötzlich war sie außer sich gewesen vor Freude, nicht nur die Landschaft, sondern auch den Zug zu sehen, der wie eine metallene Schlange durch die Landschaft glitt, so wie auch er jetzt außer sich vor Freude war, als er den Zug endlich auftauchen und sich dem Bahnhof nähern sah. 11 Uhr 13, in wenigen Augenblicken würden sie sich gegenüberstehen, Furcht und Angst mischten sich in seine gespannte Erwartung, ein mulmiges Gefühl machte sich plötzlich breit: was, wenn das Treffen ein Fehlschlag würde, ein Stelldichein der Peinlichkeiten, wie es bisweilen der Fall war, wenn man sich kaum kannte. 11 Uhr 13, eine Böe ließ die Bierdose auf dem Bahnsteig auf eine Coladose kullern, zusammen lagen sie einen Moment lang da, Seite an Seite, ohne sich zu bewegen, um beim nächsten Windstoß scheppernd in den Fahrdamm zu kippen. Das schrille Geräusch der Bremsen ließ ihn zusammenzucken, dieses Quietschen, das durch Mark und Bein ging, als ob der Zug durch ihn hindurchführe, doch dann stand der Intercity still, die Türen öffneten sich, die Fahrgäste strömten wie Tiere auf den Bahnsteig. Die Parfums einer vielköpfigen Menschenmenge schlugen ihm entgegen, Rasierwasser und blumige Deodorants, Zigarettenrauch, der Geruch von verschwitzten Hemden, vermischt mit kühler Bahnhofsluft. Er hatte sich in der Mitte des Bahnsteigs platziert, leicht erhöht, um in beide Richtungen blicken und Alena sofort entdecken zu können, gewiss würde sie ein wenig müde sein nach der langen Fahrt. Links und rechts drängten die Reisenden an ihm vorbei, Touristen, Festivalbesucher, Kollegen, er trat zwei, drei Schritte zurück, hinter einen Wagen mit Paketen, um nicht zur Unzeit in ein Gespräch verwickelt zu werden. Nervös hielt er Ausschau nach ihrem schwarzen Haarbusch, der so markant an ihr war, er reckte den Kopf, konnte aber nichts erkennen. Unmittelbar vor sich erblickte er Dressel, er machte sich klein und drehte sich beiseite, der Tag wäre verdorben, wenn Dressel ihn entdeckte, aber er hatte Glück. Selbst wenn er ein wenig kurzsichtig war und weder Brille noch Haftschalen trug, würde er Alena nicht verpassen, wachsam glitten seine Blicke über die Ankömmlinge, von denen er einige vage kannte, es waren immer dieselben Gesichter an den Festivals. 11 Uhr 15, der Strom der Reisenden ebbte langsam ab, am Ende des Bahnsteigs meinte er den schwarzen Haarbusch auszumachen, eine Frau mit einem langen braunen Rock, einer roten, rund ausgeschnittenen Bluse und einer schwarzen Tasche über der Schulter, ihr Gang war schwungvoll, sie ruderte leicht mit den Armen, als müsste sie die Luft links und rechts von sich wegschieben, es musste Alena sein, die jetzt den Arm hob und ihm zuwinkte, und auch er hob den Arm und winkte zurück. Leicht verlegen schaute er in ihre Richtung, sie war nur noch wenige Meter von ihm entfernt, der Wind trug ihm ihren Duft entgegen, der nicht schwer und orientalisch, sondern flüchtig und rosig war, ein Jasminduft, der ihn aufmerken ließ, denn nicht Alena war es, die mit raschen Schritten auf ihn zueilte, sondern Magolie, seine frühere Freundin. Erschrocken trat er einen Schritt zurück, seine Kurzsichtigkeit hatte ihm einen Streich gespielt, seine Fantasie war mit ihm durchgegangen, obschon sich die beiden Frauen nicht ähnlich sahen. Mit ausladenden Gebärden stürmte Magolie auf ihn zu, um ihn zu umarmen und wie in alten Zeiten in Beschlag zu nehmen.

»Schön, dass du mich abholst, Ben«, sagte Magolie, und er fühlte, wie sich etwas in ihm zusammenkrampfte, wie betäubt schaute er sie an, wusste nicht, was er sagen sollte.

»Schön, dich zu sehen, Magolie.«

»Wie geht's dir?«

»Danke, gut. Und dir?«

»Gut, sehr gut, wenn ich dich sehe.«

Sie lächelte.

»Gehen wir?«

»Ich warte auf jemanden.«

»Du wartest auf jemanden?«

»Ja. Waren wir verabredet?«

»Nein, aber du hast mich immer abgeholt, all die Jahre, 12 Uhr 13. Erinnerst du dich nicht?«

»Ja schon, aber jetzt ist 11 Uhr 13, und ich warte auf jemanden.«

An Magolie hatte er nicht mehr gedacht nach ihrem Zerwürfnis, 11 Uhr 13, es war tatsächlich der Zug vor dem Zug, mit dem sie immer gekommen war, sie würde sich nicht einfach so abwimmeln lassen, er fürchtete einen ihrer Wutausbrüche, wenn sie erfuhr, auf wen er wartete.

»Auf wen wartest du denn?«, fragte sie in leicht vorwurfsvollem Ton, nicht auf Streit aus, aber doch verstimmt.

»Auf eine Fernsehjournalistin.«

»Ach so, geschäftlich.«

Die Brücke würde er nicht zerstören, er wollte sich die Stimmung nicht vermiesen, nicht jetzt, wo er voller Erwartung seinem Rendezvous entgegensah. Magolie blinzelte, und er schaute rasch um sich, die letzten Reisenden stiegen aus dem Zug, es konnte sich nur noch um Sekunden handeln, und Alena stünde da, er müsste die beiden miteinander bekannt machen. Seine umherirrenden Blicke verärgerten sie, ihre Nasenflügel weiteten sich, sie verzog den Mund und schaute ihn stechend an, der alte Zwist schien wieder aufzubrechen, Unmut und Misstrauen lagen auf ihrem Gesicht.

»Dann sehen wir uns nachher beim Festival?«, fragte sie vorsichtig.

»Ja, gewiss.«

Forschend schaute sie ihm in die Augen, als ob sie darin lesen wollte, ob eine Rivalin darin Spuren hinterlassen hatte, aber sie schien nichts entdecken zu können, blickte ihn nur skeptisch an, mit einer gewissen Bitterkeit, um schließlich ihre Tasche über der Schulter zurechtzurücken und ihn kurz am Arm zu fassen.

»Na dann«, sagte sie und ging.

Er war verwirrt und verärgert, dass Magolie ausgerechnet jetzt hatte auftauchen müssen, atmete aber auch auf, es war ihm erspart geblieben, sie mit Alena bekannt zu machen. Das beschwingte Gefühl, das ihn den ganzen Morgen begleitet hatte, war einer gewissen Melancholie gewichen, leicht verstört schaute er auf die letzten Ankömmlinge, die sich langsam näherten. Enttäuscht sah er, wie die Nachzügler achtlos an ihm vorübergingen, wie sich der Bahnsteig leerte, ohne dass Alena aufgetaucht wäre. Eine Zeitungsseite flog ihm entgegen, tänzelte in geringer Höhe über den Steinboden, der Wind wirbelte sie ein wenig auf und ließ sie wieder fallen. Ernüchtert schaute er dem Zug nach, der den Bahnhof verließ, bis er nur noch Schienen sah, glänzende, zerfließende Schienen.

Er roch das Trussardi an seinen Händen und fluchte. Hatte er sich in der Zeit geirrt? Aber nein, Samstag, 11 Uhr 13 würde sie eintreffen, hatte sie geschrieben, er hatte den Brief immer wieder gelesen, hatte das Datum genau im Kopf. Hatten sie sich verpasst? Die zerrissene Zeitung blieb auf seinen Schuhen liegen, er schleuderte sie weg, eilte ins Restaurant und in den Wartesaal, blickte um sich, konnte Alena aber nirgends entdecken. Er ging wieder hinaus und beschloss, sie anzurufen, vielleicht war ihr etwas passiert, etwas dazwischengekommen. Hastig kramte er sein Handy aus dem Jackett und wählte ihre Nummer, aber der Anrufbeantworter schaltete sich ein, er hörte ihre Stimme und brach den Anruf ab. Konsterniert stand er auf dem Bahnsteig, er würde den nächsten Zug abwarten, 12 Uhr 13, eine Stunde später, vielleicht hatte sie den, den sie nehmen wollte, verpasst.

Er ging ins Bahnhofsrestaurant und suchte sich einen Tisch, wo es nicht allzu laut war, er wollte seine Ruhe haben, bestellte einen Espresso, holte sich eine Zeitung und blätterte sie lustlos durch. Ein junges Paar setzte sich an den Tisch neben ihn, beide waren sehr schweigsam, was ihm recht war. Er nippte an seinem Espresso und überflog die vermischten Meldungen, Omnibus rammt Milchtransporter, Lady Dianas Wagen verschrottet, als das Schweigen am Nebentisch abrupt gebrochen wurde.

»Wo hast du letzte Nacht gesteckt, du Mistkerl?«, fuhr die Frau den Mann an, so heftig, dass der Angesprochene zusammenzuckte.

»Ich hatte Nachtschicht, das weißt du doch«, antwortete der Mann, nachdem er einen Moment gezögert hatte. Seine Stimme klang herrisch, die Stimme eines Ehrgeizlings, die Zuhörer von vorneherein zum Schweigen verurteilt. Aber die Frau schwieg nicht.

»Nachtschicht, Nachtschicht«, wetterte sie, hob die rechte Hand, um auf den Tisch zu schlagen, ließ sie aber wieder fallen, das Lokal war gut besetzt.

»Elender Lügner«, schimpfte sie.

»Na, na«, versuchte der Mann zu beschwichtigen, sein Ton war plötzlich sanft. Er war ein Typ, der die Segel nach dem Wind zu richten weiß.

»Nichts *na, na*. Du weißt genau, was ich meine.«

Die Frau warf ihm einen bösen Blick zu, nahm einen Schluck Bier und lehnte die Zigarette ab, die er ihr anbot.

»Ich weiß überhaupt nicht, wovon du redest«, sagte der Mann mürrisch und zündete sich mit einem Wegwerffeuerzeug eine Zigarette an.

»Meinst du, ich bin blöd? Ich habe angerufen, du Schafskopf!«

»Du hast angerufen?«, wiederholte der Kerl mechanisch und schaute sie entgeistert an.

»Niemand da, hieß es. Wo hast du die ganze Nacht gesteckt, du Scheißkerl?«

Die Stimme der Frau zitterte.

»Was bist du für ein miserabler Vater! Die Kleine reißt mich die halbe Nacht aus dem Schlaf, ich bin halb tot vor Erschöpfung, und du treibst dich herum. Scheißkerl!«

Das saß, der Mann sagte nichts mehr, und auch die Frau sagte nichts mehr, sie begann zu weinen, Tränen strömten ihr über die Wangen.

Ben trank seinen Espresso aus und faltete die Zeitung zusammen, die Frau tat ihm leid, er hätte sie trösten mögen, wollte sich aber nicht einmischen, der Mann musterte ihn mit eisigem Blick.

»Scheißkerl!«, schluchzte die Frau. Sie sah elend aus, ihr Make-up war verschmiert und zerflossen, und doch war es nicht dieser Anblick, der ihn am meisten traf, nicht der Gedanke, dass die Szene alles andere als eine Einstimmung auf ein Rendezvous war.

»Scheißkerl!«, hatte sie gesagt. Das hatte auch seine Mutter immer gesagt, wenn von seinem Vater die Rede gewesen war, den er nicht kannte, er hatte sich vor seiner Geburt aus dem Staub gemacht. »Scheißkerl!«, hatte sie gesagt, aber als Kind hatte er sich nie einen Scheißkerl vorgestellt, sondern einen sportlichen Typen, der sich gerne Fußballspiele ansah oder Radrennen und in die Berge ging, einen gut aussehenden Mann, der immer mit Süßigkeiten oder Comic-Heften oder Karten für irgendein Spiel zur Hand war, wie auch sein Stiefvater, doch das war nicht dasselbe. Nie hatte er damals einen Scheißkerl vor seinem inneren Auge gesehen, nie einen furchteinflößenden Despoten, dessen aufbrausendes Naturell leicht in Wallung geriet, so dass man schweigsam zu sein hatte und früh zu Bett gehen musste, nie einen Tyrannen oder Feigling, obwohl er sich abgesetzt hatte, obwohl er nie etwas von seinem Vater gehört hatte. Mit siebzehn oder achtzehn, als die Auseinandersetzungen mit dem Stiefvater heftiger wurden, als ihm klar schien, dass dieser seinen Mädchengeschichten nur so verständnislos begegnete, weil er der Stiefvater war, hatte er die Mutter über seinen Vater ausgequetscht, die halbe Verwandtschaft befragt – erfolglos. So gab er denn auf und versenkte ihn irgendwo tief in sich selbst; eine Art lebender Mumie, die in dicke Schichten eingewickelt war und am Anfang noch ein wenig weiterzappelte, deren Bewegungen aber nach und nach schwächer wurden, bis sie schließlich ganz verebbten.

6

Er bezahlte und ging auf den Bahnsteig hinaus. Was, wenn Alena wieder nicht im Zug war, wenn ihr etwas zugestoßen war, ein Missgeschick, ein Unfall, so dass er vergeblich auf diesem windgepeitschten Bahnsteig stand, der sich mehr und mehr mit Wartenden füllte? Oder hatte sie es sich vielleicht im letzten Moment anders überlegt, hatte sie plötzlich ein mulmiges Gefühl verspürt, als sie von zu Hause aufbrach, und ihre Schritte auf dem Weg zur Straßenbahn unversehens wieder in die andere Richtung gelenkt? Hatten ihre Füße gezögert und gezaudert, weil ein Aberglaube oder eine dunkle Ahnung ihren Lauf zu lähmen begann? Nervös schaute er in den Fahrdamm, die beiden Dosen lagen noch immer da, Bier und Cola.

Als er aufsah, fuhr der Zug eben ein, und diesmal musste er nicht lange warten, denn sie stieg als erste aus, genau dort, wo er stand, und winkte, um gleich auf ihn zuzueilen, sie küssten sich auf die Wangen, und während er ihr Parfum roch, das ihn ein wenig benebelte, entschuldigte sie sich für die Verspätung, die Straßenbahn war wegen eines Unfalls stecken geblieben, und deshalb hatte sie den Zug verpasst. Auch er hätte ihr von seinen Aufregungen erzählen können, die ihrer Ankunft vorausgegangen waren, aber was wollte er ihr von seiner früheren Freundin erzählen oder dem zerstrittenen Paar, das war nicht das richtige, um zu beginnen, genauso wenig wie die Silberfischchen, die ihm nun zu allem Überfluss wieder einfielen, es war jetzt nicht der Moment, von ihrem Treiben zu erzählen, nicht der Moment, an das Badezimmer zu denken und an die WC-Schüssel, die man ihm hatte wegnehmen und durch eine neue ersetzen wollen, obwohl er auf der alten beharrt hatte, weil sie ihm, wie er glaubte, wunderbare Einfälle bescherte und er nicht auf einer High-Tech-Schüssel sitzen und die Gedanken schweifen lassen wollte, selbst wenn der Umbau die Silberfischchen wahrscheinlich vertrieben hätte, beim Demontieren der alten Schüssel hätte man irgendein Insektizid wie Optimum oder Optimicarb in die Ritzen gespritzt oder einen Bacillus fungiciensis, der sie getötet, krank oder impotent gemacht hätte, es wäre vorbei gewesen mit der Fischchenherrlichkeit, mit der ungeheuren Vermehrung und dem Winden und Kugeln und Schleichen, die

Spinne in der Ecke wäre mangels Beute verhungert oder hätte abziehen und ihr Netz woanders spannen müssen, beim Sitzen hätte er sich nicht mehr bedroht gefühlt, höchstens vom Optimicarb oder von der neuen Schüssel mit der Wasserdusche.

»Und nun?«, fragte sie leicht verlegen, nachdem sie sich begrüßt hatten, ihre feinen Brauen hoben sich und wurden spitz, sie sah ihn kurz an, als sie den Bahnsteig verließen und in der Unterführung unversehens zum Stillstand kamen, ihr Blick ganz Frage, etwas Mädchenhaftes, Kindliches in ihren Augen.

Sie sprach aus, was er sich auch gerade fragte und schon seit einer Woche hätte fragen sollen, denn im Grunde hatte er sich keine Gedanken darüber gemacht, was sie unternehmen könnten, obwohl er ständig an das Treffen gedacht hatte und nicht des Festivals wegen zu dem Festival gekommen war, sondern um auf sie zu warten und an sie denken zu können, so wie er auch jetzt an sie dachte, jetzt, wo sie da war.

»Möchtest du einen Kaffee?«

»Nein, danke. Ich habe im Speisewagen schon zwei Espressi getrunken«, antwortete sie und strich sich eine Strähne aus der Stirn. Jetzt blickte sie ihn nicht an oder nur flüchtig, ihre Augen schweiften zum Kiosk und vom Kiosk auf seine Füße. Er nahm den leichten Kaffeegeruch wahr, der ihrem Mund entwich, aber er störte ihn nicht, wie es ihn bei jeder anderen Person gestört hätte. Tatsächlich war sie schöner, als er sie in Erinnerung hatte, gewiss eine Frau, der es gefiel, den Männern zu gefallen, eine Frau, die ihrer Schönheit viel verdankte, aber er dachte auch, dass es wohl nicht nur Vorteile hatte, so schön zu sein, all der Neid und die Missgunst und die Eifersucht, die damit verbunden waren, die Grausamkeit der Frauen und die Anzüglichkeiten der Männer. Doch auf ihrem Gesicht lag wieder dieser lächelnde, neugierige Ausdruck, der ihm im Zug schon aufgefallen war, diese Mischung aus Sanftmut und Stärke, etwas Reifes in ihren klaren olivgrünen Augen, deren Glanz noch nicht verloschen war, die weder müde noch matt wirkten und denen nichts zu entgehen schien, als ob alles, was sie sahen, verdiente, eingehend betrachtet und studiert zu werden, große, wache Augen, deren Größe und Wachheit ihn frappierte, dieses provenzalische Grün, das so flüssig schien und im Licht nun leuchtete wie Likör an der Sonne. Wahrscheinlich waren es ihre Augen, die ihn am meisten fesselten, ihr forschender Blick, und selbst wenn sie nicht mehr ganz jung war und die Fältchen sich vermehrten, nicht nur um die Augenwinkel, wie er jetzt bemerkte, sondern auch auf der Stirn, hätte man doch nicht von einer Frau mittleren Alters gesprochen, ihr Geist und ihre Haltung wirkten jung, eine Frau voller Temperament, etwas Unbändiges in ihren Bewegungen, ihrem Wesen, vielleicht auch eine Spur Rücksichtslosigkeit, die den Temperamentvollen immer zu eigen ist, ein gewisses Maß an Exzentrik, die sich in der bunten Kette aus Tonperlen und im himmelblauen Designerring verriet, während die goldenen Armreifen einen leichten Hang zum Luxus offenbarten, bestimmt war sie eine Frau, die das Geld gerne ausgab, mit offenen Händen wahrscheinlich und ohne lange zu überlegen. Die Reifen schimmerten auf ihrem Unterarm, die Haut wie oft bei Dunkelhaarigen von einem matten Braun, er hatte Lust, diese Haut zu berühren, wenn Alena denn wollte, dass er sie einmal berühren sollte.

»Möchtest du zum Festival oder sollen wir uns das Städtchen ansehen?«

Er hoffte, dass sie zum Festival wollte, der Nieselregen behagte ihm ganz und gar nicht, er hatte sich nur ein leichtes Jackett übergezogen, und für die Jahreszeit war es ziemlich kühl.

»Lass uns ein wenig flanieren, ich habe sonst schon genug Rummel um die Ohren, das Städtchen könnte ganz schön sein.«

Er versuchte, sich seine leise Enttäuschung nicht anmerken zu lassen, nickte und schaute auf ihre Sandalen, die ihn ein wenig irritierten, sie trug nicht die flachen Halbschuhe wie im Zug, sondern dunkelbraune Sandalen, aus denen ihre rot lackierten Nägel hervorstachen, er fragte sich, warum sie ausgerechnet Sandalen angezogen hatte, wo es doch nieselte und sie nasse Füße bekommen würde, ob es einfach eine Laune gewesen war, so wie auch Magolie gerne Sandalen trug, um die Füße möglichst frei und an der Luft zu haben, oder ob Alena sie mit Absicht angezogen hatte, Frauen wie sie erwägen genau, wie sie ihre Füße bei einem ersten Treffen beschuhen, ob sie in Bottinen oder Stiefeletten oder

Pumps schlüpfen, ob sie in hochhackigen Schuhen oder in Sandalen erscheinen, ob sie ihren Spann zeigen, so wie Alena den ihren.

»Dann lass uns über die Brücke Richtung Altstadt gehen, es gibt dort einen Markt, eine barocke Kathedrale und verwinkelte Gassen.«

Auf der Brücke verweilten sie einen Moment lang und sahen auf die Wellen des Flusses hinab, die sanfte Strömung, die immer größer werdenden Kreise der in den Fluss fallenden Tropfen.

»Der Regen wird stärker, kriegst du nicht nasse Füße?«

Sie lächelte und begann mit der Rechten in ihrer Tasche zu nesteln, um einen kleinen weißen Schirm hervorzukramen.

»Du hast recht«, sagte sie, doch bevor sie ihn aufspannen konnte, hatte er seinen schon offen, einen großen braunen Knirps mit Aufspannautomatik, den er so hielt, dass sie geschützt war, er wollte verhindern, dass sie den ihren auch aufspannte, zwei Schirme würden zu viel Abstand schaffen.

»Na, vielleicht reicht ja einer«, sagte er mit Unschuldsmiene und sah auf ihre Handgelenke.

»Meinst du?«

Alena hielt ihren zusammengefalteten weißen Schirm in der Hand, zögerte einen Moment und schaute ihn zweifelnd an.

»Ich denke schon.«

»Na gut.«

Als sie zwei, drei Schritte weitergegangen waren, wurden sein linker Arm und seine linke Schulter etwas nass, weil er den Schirm schräg halten musste – dafür spürte er zur Rechten ihren Arm.

»Soll ich den Schirm halten?«, fragte sie, als ob sie die Führung wieder zurückerobern wollte, oder vielleicht auch nur aus praktischen Gründen, trotz ihrer flachen Sandalen war sie gleich groß oder überragte ihn leicht.

»Nein, nein«, antwortete er schnell, »es geht gut so.«

Er hielt den Schirm etwas höher, damit das Schirmtuch nicht ihr Haar streifte, was Kraft erforderte und etwas unangenehm war, doch es war ihm egal, den Schirm wollte er nicht aus der Hand geben.

»Normalerweise habe ich nie einen Schirm dabei«, sagte sie und lachte, und er dachte, dass sich wohl immer jemand finden würde, der ihr einen aufspannen würde, ein Aufspanner sozusagen, wie er an jeder Ecke lauert und nur darauf wartet, eine Frau wie sie unter seinen Schirm zu locken.

Er wollte etwas entgegnen, aber in diesem Moment kam ihnen Magolie entgegen und warf ihm einen vernichtenden Blick zu, hoffentlich hatte Alena nichts bemerkt, er würde sie miteinander bekannt machen müssen. Aber als er sie grüßen wollte, schaute Magolie weg und behandelte sie, als ob sie nicht existierten, so dass er einen Augenblick unachtsam war und ihm der böige Wind den Schirm aus der Hand riss, über das Geländer in den Fluss hinunter, wo ihn die Wellen davontrugen, vorbei an verdutzten Schwänen, die ihm stutzig nachschauten.

»Na, vielleicht reicht ja einer«, sagte Alena, griff in die Tasche und spannte lächelnd ihren Schirm auf, während sein Knirps, den Griff nach oben, im Wasser verschwand.

7

Zwei Wochen nach jenem Festival war er nach Basel gefahren, um Alena zu treffen. Aber nicht bei ihr zu Hause trafen sie sich, sondern in der Wohnung seines Kollegen Fischbach, den er vom Drehen her kannte und der ihnen sein Appartement für den Nachmittag und den Abend zur Verfügung stellte, mehr ein Schlag als eine Wohnung, ein niedriges Altbauzimmer unter dem Dach, mit einem Mückennetz vor der Fensterluke, durch die von ferne Blasmusik und fahles Mondlicht drang. Sie lagen auf einer weinroten Matratze neben einem abgesägten Büchergestell, er streichelte ihren Nacken und ringelte ihr schwarzes Haar um seine Finger, sie schmiegte sich eng an ihn, und es drängte ihn, mehr über sie zu erfahren.

»Hm, du bist verheiratet, nicht?«, fragte er zaghaft, als er ihren Ring sah, und streichelte weiter ihren Nacken. »Weiß denn dein Mann, was läuft?«

»Natürlich nicht.«

»Du hast ihm nichts erzählt?«

»Nein.«

»Und er hat auch nichts gemerkt? Ich meine, man verändert sich doch, wenn man frisch verliebt ist, man sieht anders aus, man hat eine andere Ausstrahlung, man riecht anders.«

Sie zögerte einen Augenblick und rückte die Armreifen zurecht, die ihre Unterarme schmückten, seine Frage hatte sie irritiert.

»Ich glaube nicht. Und selbst wenn Markus es gemerkt hätte, er würde keine Fragen stellen. Er wartet, dass ich es ihm erzähle.«

Markus hieß er also, Alenas Mann, der noch nichts zu wissen oder zu ahnen schien oder vielleicht nichts wissen oder ahnen wollte.

»Hat er dich nicht gefragt, wohin du gehst?«

»Nicht direkt.«

Sie spielte mit ihren Armreifen, während er weiter ihren Nacken streichelte und sich an die Stelle des Ehemannes setzte, er kam nicht umhin, zu denken, dass das Ganze ihm gegenüber ziemlich rücksichtslos war.

»Kein schlechtes Gewissen?«

»Als Lina zur Welt kam, wurde alles anders.«

»Du hast eine Tochter?«

»Ich habe zwei Töchter.«

Sie zupfte an ihrem Strumpfhalter.

»Und einen Sohn.«

Sie zupfte noch einmal an ihrem Strumpfhalter.

»Du hast *drei* Kinder?«

»Sarah, Tobias und Lina.«

Für einen Moment verschlug es ihm die Sprache.

»Das sieht man dir gar nicht an, ich meine, du siehst nicht so aus, als ob du drei Kinder hättest.«

Es entstand eine Pause.

»Da ist ja ganz schön was los bei dir zu Hause«, nahm er den Faden nach einer Weile wieder auf.

»Das kann man wohl sagen. Darum war es ja auch so schwierig, eine Gelegenheit zu finden, dich zu treffen. Ich kann die Kinder ja nicht einfach in den Kühlschrank stecken.«

»Ach darum hat es so lange gedauert, bis wir uns treffen konnten, jetzt verstehe ich.«

»Wenn ich weg will, muss ich immer jemanden organisieren, meine Nachbarin oder das portugiesische Kindermädchen. Aber die können halt auch nicht immer.«

»Und dein Mann?«

»Markus hat kein Talent im Umgang mit Kindern. Er lebt in seiner eigenen Welt. Außerdem will ich ihm abends nicht auch noch die Kinder anhängen, wenn er zehn Stunden gearbeitet hat. Wenn ich es trotzdem tue, erwartet mich ein Albtraum, wenn ich spät nach Hause komme: Die Kinder haben nichts gegessen, sie sind noch wach, und die Wohnung ist ein Schlachtfeld.«

»Dass dein Mann nach der Arbeit nicht noch eine aufgeregte Kinderschar am Hals will, verstehe ich gut«, sagte er nach einer Weile und streichelte ihre Wange und ihr Kinn, »was mir aber nicht einleuchtet: Warum hat er drei Kinder gezeugt, wenn er mit Kindern nichts anfangen kann?«

Sie zupfte die Decke zurecht und schaute ihn mit einem Lachen in den Augen an, die Frage amüsierte sie.

»Mein Gott, wenn du wüsstest. Markus *hat* nicht drei Kinder gezeugt.«

»Markus ist nicht der Vater deiner Kinder?«

»Nur von Lina, der Kleinsten.«

»Weiß er das?«

»Natürlich.«

»Und es stört ihn nicht?«

»Nein.«

Er fuhr sich über das frisch rasierte Kinn und schaute sie erstaunt an.

»Wir waren beide schon einmal verheiratet.«

»Ach so. Die anderen Kinder stammen von früher?«

»So ist es. Es gibt noch zwei andere Väter.«

»Du hast *drei* Kinder von *drei* Vätern?«, fragte er ungläubig.

Jetzt strich *sie* ihm über die Wange und das runde Kinn und streichelte die Haare in seinem leicht verschwitzten Nacken.

Sie machte eine Pause, legte ihre Hände in den Schoß und schaute ihn ernst an.

»Willst du mich jetzt nicht mehr treffen?«

»Nein, nein«, antwortete er, immer noch überrumpelt und nach Worten ringend, »aber ich bin platt.«

Sie lachte und suchte mit ihrer Linken seine Hand, er spürte ihre warmen Finger, die die seinen fest umschlossen.

»Stört es dich, wenn ich rauche?«, fragte sie nach einer Weile.

Sie machte sich los, kramte in ihrer Handtasche nach den Zigaretten und dem Feuerzeug. Er starrte auf die Lämpchen der Stereoanlage, und die Kühltruhe kam ihm in den Sinn, die in seinem Zimmer gestanden hatte und vor der er nächtelang gesessen war, damals, vor dreißig Jahren, im matten Schein ihrer Lämpchen, schlaflos und ohne zu begreifen, so wie er auch jetzt nicht alles begriff.

»Bist du schockiert?«

»Schockiert nicht. Ich frage mich nur, was dich dazu getrieben hat. Drei Väter sind schon sehr viel.«

»Ich bin neugierig und will immer alles ausprobieren. Hast du denn nie an Kinder gedacht?«

Er überlegte einen Augenblick, dann fiel ihm die Begegnung vor dem Festival ein.

»Als ich kürzlich mit einem kleinen Mädchen im Zug saß, dachte ich, es wäre schön, so eine Tochter zu haben und ihr Geschichten zu erzählen.«

Er schaute auf den milchigen Mond, der sich langsam aus der Fensterluke schob, die Blasmusik war inzwischen verstummt.

»Möchtest du denn noch ein viertes Kind?«, fragte er nach einer kurzen Pause.

»Bist du verrückt? Nie im Leben! Drei sind schon drei zuviel. Natürlich würde ich sie nie hergeben oder verlassen. Aber zum Glück habe ich noch meinen Tag beim Fernsehen und einen an der Uni. So ein Haushalt macht nicht nur Spaß.«

Sie schwiegen. Er war verwirrt, drei Kinder von drei Vätern, wiederholte ihre Stimme immer wieder in seinem Kopf, drei Kinder von drei Vätern, die er nicht kannte, wahrscheinlich aber kennenlernen würde, wenn er weiter mit ihr verkehrte, wonach es aussah, auch wenn er sich nicht sicher war, ob er die drei Väter kennenlernen wollte, die Kinder schon, selbst wenn sie abweisend wären, aber vielleicht hielt sie ja auch alles von ihm fern, und er würde ihre Kinder und ihre Männer nie zu Gesicht bekommen. Was musste sie für eine Frau sein, um in eine solche Situation zu geraten, was waren das für Verhältnisse, in die er da plötzlich verwickelt war. Hatte Alena Probleme mit Männern, ein Problem mit ihrem Vater, hatte sie sich diese drei Väter bloß zugelegt, um den eigenen zu ersetzen, der sie vermutlich vernachlässigt hatte, war das Ganze nicht neurotisch und hirnverbrannt, aber was wollte er mit einem Heimchen am Herd, einem Mauerblümchen, das nur Zeitschriften las, vielleicht hatte er, ohne es zu wissen, sich genau so eine Frau wie Alena gewünscht, eine, die nicht ganz geradlinig war und tat, was sie wollte. Gewiss wäre es ihm lieber gewesen, es gäbe keine anderen Männer, die alles verkomplizierten, kein normaler Mensch würde sich in eine Frau verlieben, die in einer so schwierigen Situation war. Doch die Frage des vierten Kindes setzte ihm mehr zu, als ihm lieb war, was, wenn er sich doch einmal ein Kind wünschte, auch wenn er bislang nie oder nur am Rande mit dem Gedanken gespielt hatte?

»Ich muss mal«, sagte er, nachdem die Stimme in seinem Kopf verstummt war. »Mist. Ich glaube, ich muss auf dem Flur auf die Etagentoilette. Fischbach hat nicht mal ein eigenes WC.«

Er küsste sie, zog sich an, nahm das Papiertaschentuch mit, in das er das Kondom gewickelt hatte, die Gastfreundschaft des Kollegen wäre schlecht belohnt, wenn er es ihm in den Abfall würfe, der Anstand gebot, es auf andere Weise loszuwerden, am besten wohl auf der Etagentoilette, wo es gewiss einen kleinen Eimer für Damenbinden gab. Er ging hinaus auf die Toilette, die man nicht richtig abschließen konnte, er ärgerte sich, das Schloss war defekt und ein Behälter auch nicht vorhanden. Aber er konnte den weißen Packen unmöglich in den Abfallsack in Fischbachs Wohnung werfen, es wäre zu peinlich, obschon er Toni seit Jahren kannte. Kurz entschlossen warf er das Ding in die alte Schüssel und spülte, auch wenn das Gewässerschutzamt immer wieder Merkblätter in die Haushalte verschickte, verantwortungsvoll mit Wasser umzugehen und Kondome nicht ins WC zu werfen, aber ein einziges würde schon nicht so schlimm sein, er schaute in den zerbrochenen

Spiegel und verzieh sich. Als er sein Geschäft verrichten wollte, spähte er in die Schüssel und bemerkte erstaunt, dass die Spülung des Klosetts zu schwach gewesen war, um den Packen zum Verschwinden zu bringen, vielleicht war er auch zu leicht, er schwamm noch immer im Wasser. Er fluchte und spülte erneut, aber die zweite Spülung war genauso kraftlos wie die erste oder noch kraftloser, so dass das Taschentuch samt Inhalt weiter im Klosett herumschwamm, weit davon entfernt, durch das Fallrohr in die Kanalisation zu gelangen. Drei Kinder von drei Vätern, brummte er, drei Kinder von drei Vätern, aber er konnte das Objekt nicht im Klosett lassen, wenn Fischbach am Morgen nach Hause käme oder andere Bewohner der Etage die Toilette benutzten, würde es Ärger geben, so dass er ein wenig Toilettenpapier abriss, das Taschentuch aus dem Wasser fischte und darin einwickelte, schon die zweite Schutzschicht um das Ding, das so wenig Neigung zeigte, zu verschwinden. Da das Ganze von innen her weiter nass wurde, rollte er noch mehr Toilettenpapier darum, bis er ein schneeballartiges Gebilde geformt hatte, das trocken in der Hand lag. Aber wohin damit? Er öffnete die Tür der Etagentoilette und trat in den Gang, stieg einen Stock tiefer und noch einen, um vielleicht irgendwo einen Eimer oder einen Abfallsack zu finden, aber es war ein anständiges Haus, die Leute stellten ihren Müll nicht einfach auf den Flur hinaus. Mit dem Packen in der Hand ging er wieder nach oben, es gab auch keine Blumenstöcke, hinter denen er das Ding hätte verstecken können, er wäre schon mit wenig zufrieden gewesen, einem Schirmständer etwa oder einer Schuhablage. Er hoffte, dass er keinem Hausbewohner begegnete, er hätte nicht gewusst, wohin mit dem Zeug, es war zu groß, um es ins Hemd oder in die Hose zu stecken, als er hörte, wie unten die Haustür geöffnet wurde und jemand, mit vielen Tüten und Taschen beladen, ächzend in den Flur hereintrat. Er spürte, dass sein Magen sich zusammenkrampfte, wie auf dem Bahnsteig, als Magolie ihn in Beschlag genommen hatte, er betrachtete den Packen aus hellem Toilettenpapier, wenn die Person nur nicht in den dritten Stock hinaufkäme, wenn es nur nicht die Nachbarin von Fischbach war, die gegenüber ihre Wohnung hatte und mit Toni die Toilette teilte. Schon hörte er, wie die Person unten wieder nach den abgestellten Tüten griff, er hielt das Zeug in der Hand, die Schritte kamen näher, er riss das Fenster auf, er konnte den Packen nicht einfach auf die Straße werfen, es gab Leute unten, es war eine belebte Straße, Passanten, Radfahrer, Hunde, sein Blick glitt zum Dach des Hauses gegenüber, während das Knistern der Tüten immer lauter wurde, er sah die dunklen Dachziegel, und es kam ihm die Idee, das Ding über dieses Dach zu werfen, es befand sich auf gleicher Höhe, der Packen würde in irgendeinem Vorgarten oder Hof landen und niemandem schaden, aus den Augen, aus dem Sinn, er trat einen Schritt zurück, hörte das Keuchen der sich nähernden Person, das Keuchen einer Frau, wie er mit Schrecken feststellte, spannte seinen Arm, holte aus, warf den hellen Packen mit aller

Kraft aus dem Fenster und sah, wie er in hohem Bogen über die Straße flog, um kurz vor dem Haus an Höhe zu verlieren, so dass er nicht über das Dach, sondern in das offene Fenster darunter flog, als ihn die Stimme der heraufkommenden Frau freundlich grüßte:

»Guten Abend.«

»Guten Abend.«

»Suchen Sie etwas?«

»Die Toilette.«

»Gleich hier, die blaue Tür. Aber passen Sie auf, die Spülung funktioniert nicht recht.«

»Ach so, ja danke.«

Tonis Nachbarin verschwand mit all den Taschen und Tüten in ihrer Wohnung, er ging abermals auf die Toilette, und während er es plätschern hörte, stellte er sich die Empörung in der Wohnung gegenüber vor, ein heller Packen WC-Papier mit einem gefüllten roten Kondom auf irgendeinem Schreibtisch oder Küchentisch oder Bett, den arglosen Bewohnern würde es die Sprache verschlagen, ungläubig würden sie auf den vom Aufprall zerplatzten Ballen starren, aus dem das ominöse Ding herausragte, würden zum Fenster eilen, nach dem Täter Ausschau halten und keinen Verdächtigen entdecken, sich an den Kopf greifen und ihn schütteln. Er spülte, wusch sich die Hände, schaute in den Spiegel und verließ summend die Toilette. Noch einmal ging er zum Fenster im Flur und spähte vorsichtig hinaus, um zu sehen, ob gegenüber jemand aus dem Fenster schaute, aber es war nichts zu sehen, alles war wie zuvor, das

Fenster stand offen, vielleicht war niemand zu Hause und die Überraschung stand noch bevor. Er schloss das Fenster. Als er wieder ins Zimmer trat, blickte ihn Alena besorgt an.

»Ist dir nicht gut?«, fragte sie bekümmert.

Er fuhr sich mit der Hand über die rechte Braue und kratzte sich am Kopf.

»Nein, nein, ich bin im Treppenhaus bloß einer Nachbarin begegnet, darum ging's ein bisschen länger.«

Sie stand in Strümpfen an der Fensterluke und schaute hinaus, der milchige Mond war verschwunden. Er trat zu ihr, umarmte sie von hinten, und sie blickten schweigend aus der Luke: Es war dunkel und kühl, seine Hände fassten ihre Taille; auf dem Mückennetz tanzten Mücken, die das Licht angelockt hatte. Nicht allzu weit entfernt verwandelten jetzt drei Kinder von drei Vätern ihre Wohnung in ein Schlachtfeld. Alena nahm mit beiden Händen seine Rechte und legte sie auf ihren Bauch. Über ihre Schulter sah er hinab auf ihre schwarzen Strümpfe, in deren untersten Teil sich die verdunkelten Spitzen ihrer Zehen nach oben reckten, so wie sich auch seine Zehen nach oben reckten, während er sich das Kind ausmalte, das vierte Kind.

8

Es war auf einem Fest, jener in der Vorschau pompös angekündigten *Nacht des Films* in der aufgemöbelten alten Fabrik am See, in der er Markus Weill kennenlernte. Es war in jener *Nacht des Films*, in der alles so feierlich und respektvoll und heuchlerisch zu- und herging, in der man ihn zur mexikanischen Gurkensuppe und dem anschließenden opulenten Abendessen mit Maultaschen und Kalbsmedaillons und Kartoffeln und Gemüse und Pilzen und Salat und Cassis-Kugeln geladen hatte und zwischen einem holländischen Schauspieler und einem gealterten Regisseur aus der ehemaligen DDR platzierte, der Tischordnung gemäß, an die man sich den Organisatoren zufolge unbedingt zu halten hatte, undenkbar, dass man sich an einen anderen Platz setzte, neben seine plötzlich entdeckte Geliebte etwa, die an diesem Abend in hochhackigen Schuhen und einem dekolletierten weißen Abendkleid neben ihrem Ehemann saß, notabene am anderen Ende desselben Tisches. Zurückhaltend hatten sie sich begrüßt, um sich während des Aperitifs nicht oder nur flüchtig anzublicken, wie es Verliebte tun, um sich nicht zu verraten, und sich gerade dadurch verraten oder doch zumindest Verdacht auf sich lenken. Doch Markus Weill schien keinen Verdacht zu schöpfen, wie sollte er, da sie ihm nichts erzählt hatte, nichts Verfängliches, vielmehr genoss er in vollen Zügen den servierten Cabernet Sauvignon und diskutierte angeregt mit Steiner, dem Dokumentarfilmer zu seiner Rechten. Sie hingegen wirkte leicht nervös und durcheinander, die Unterhaltungen mit ihren Tischnachbarn kamen nicht recht in Gang, es schienen eher lästige Pflichtübungen, die sie mit gelegentlichem Nicken und Nachfragen hinter sich brachte, um dann gelangweilt zum Mineralwasser zu greifen und rasch einen Schluck zu trinken.

Als man die Vorspeise auftrug, wozu ein Heer von Kellnern mit Servierwagen hurtig zu den Tischen schritt, begann Baranowski, der gealterte Regisseur aus Mecklenburg-Vorpommern, über die zu fade Gurkensuppe herzuziehen und Koch und Küche zu verfluchen, selbst das Wasser, das sie früher im Mecklenburgischen getrunken hätten, wäre besser gewesen als diese dünne dumpfe Brühe, mit seinem Freund Bendle hätte er immer Wasser getrunken, abends, wenn nichts zu essen greifbar gewesen sei, kein Brot, keine Kartoffeln, nicht mal Suppe, da hätten sie Wasser getrunken, Bendle und er, und das Wasser gesalzen, mit Salz aus den volkseigenen Salinen, das sie in Säcken angeschleppt hätten.

»Ich finde die Suppe nicht schlecht«, erwiderte Ben, er fand sie tatsächlich recht schmackhaft, aber Baranowski hatte sich schon abgewendet, um sie seinem Nachbarn zur Linken zu vermiesen.

Als er mit der Suppe fast fertig war, kam ihm sein Stiefvater in den Sinn, der letzte Reste von Suppe – meist Erbsensuppe, Gerstensuppe oder Ochsenschwanzsuppe, nie aber Gurkensuppe, und schon gar nicht mexikanische –, jeweils mit der Zunge aus dem Teller zu lecken pflegte, wohl aus Sparsamkeit oder um den Abwasch zu erleichtern, vielleicht auch aus purer Gier oder aus Angst, zu kurz zu kommen; dabei legte er eine Zungenfertigkeit an den Tag, wie sie in der feinen Gesellschaft der *Nacht des Films*, in der es von Prominenz nur so wimmelte, kaum goutiert würde.

Während seine Augen sich auf dem mit Gurkensuppe gefüllten Löffel seines holländischen Tischnachbarn verloren – Pieter van de Cuylens Löffelhandhabung war stilvoll und distinguiert –, spürte er einen Blick aus Alenas Richtung, er sah kurz auf und erschrak, es war nicht sie, die ihn anschaute, sondern Markus Weill, er wandte den Blick gleich wieder ab, auf sein Rotweinglas, das er hob und in unvernünftig schnellen Zügen leerte, starrte auf den Rest der Gurkensuppe und die Brotkrumen, die wegen Baranowskis polternder Gebärden auf dem Tisch herumhüpften, wie auch einige Servietten, abgelegte Brillen und mehrere Feuerzeuge, so dass sich der Chef de Service genötigt sah, Baranowski um Mäßigung zu bitten, er schaute zu den anderen Tischen hinüber, wo er Dressel und Jacupovic entdeckte und andere Berühmtheiten und Sternchen, er schweifte zu den gewaltigen Lüstern und dem falschen Fragonard, worauf er wieder einen flüchtigen Blick Richtung Markus Weill wagte, der ihn noch immer oder schon wieder musterte. Weill wollte wohl ganz einfach kontrollieren und sich auf dem Laufenden halten, wer seine junge Frau ansah und begehrte, er musste es gewohnt sein, dass sie von anderen begehrt wurde, und war gewiss geübt darin, den Stand dieser Begierde mit Blicken abzuschätzen. Oder war es womöglich nur ein Blick aus purer Neugier gewesen, so wie man an einem Fest seinen Blick in die Runde schweifen lässt und scheinbar zufällig da und dort hängen bleibt, weil man irgendetwas *sieht*, was einen interessiert, selbst wenn man nicht weiß, warum der Blick gerade an dieser oder jener Person hängen bleibt, warum einen gerade diese oder jene Person fesselt, mit der man vielleicht noch nie gesprochen hat und zu der man sich doch seltsam hingezogen fühlt? Markus Weill wandte seine Augen wieder ab, dafür war es jetzt Alena, die ihn kurz ansah, mit einem Lächeln, das etwas gezwungen wirkte, es schien ihr nicht besonders wohl zu sein, vielleicht wuchs ihr die Sache über den Kopf. Er erwiderte ihr Lächeln, war ein wenig verwirrt und froh, dass die Maultaschen serviert wurden, schwäbische Maultaschen, des schwäbischen Sponsors der *Independent Pictures* wegen, so konnte man essen und musste nicht neugierigen Blicken standhalten, konnte sich auf seinen Teller konzentrieren und Halt finden an Messer und Gabel.

»Mann, sind die trocken«, warf Baranowski ein, nachdem er die erste Maultasche in den Mund geschoben hatte, und diesmal hatte er recht, die schwäbischen Teigtaschen waren tatsächlich eine Zumutung. Er schwieg einen Moment, und als ihm niemand antwortete, fuhr er fort:

»Mein Gott, was für Maultaschen! Damit können die von *Independent Pictures* aber keinen Staat machen. Junge, hast du schon mal solche Maultaschen gegessen?«

»Nein, diese Maultaschen sind wirklich nicht ganz gelungen.«

»Was heißt ›nicht ganz gelungen‹? Ich sag dir, das ist ’ne ausgewachsene Sauerei. Der Zwieback, den ich damals mit Bendle fressen musste, hatte mehr Geschmack als diese Teigtitten.«

Baranowski würgte die Maultaschen hinunter, spülte mit kräftigen Schlucken Rotwein nach und schimpfte über die stümperhafte Organisation.

»Wer ist denn eigentlich dieser Bendle?«

»Bendle?«

»Ja.«

»Du kennst Bendle nicht?«

»Nein.«

»Mein Gott, Junge! *Tod in Erfurt. Das Salz der späten Jahre. Giraffe grün*. Du kennst Bendle nicht?«

»Nie gehört.«

Baranowski klatschte in die Hände, sah ihn mit wässrigen Augen an, schüttelte ungläubig den Kopf, schaute empört zu seinem Nachbarn, wieder zu ihm, atmete tief durch und winkte mit ausladender Gebärde ab. Doch noch bevor er sich über Baranowskis seltsames Gebaren Gedanken machen konnte, fühlte er unter dem Tisch etwas an der Wade, es schien, als sei er aus Versehen an ein Tischbein geraten oder hätte den Fuß eines anderen gestreift; als er seine Beine indes ein wenig bewegte, merkte er, dass etwas Warmes seiner Wade folgte und sie leicht berührte. Er hätte schwören können, dass es ein Fuß war, der ihm unter dem Tisch nachging, ein unbeschuhter, besockter Fuß, der über seine Wade strich, eine Vorstellung, die er gerne ins Reich der Fiktion verbannt hätte, unmöglich, dass hier jemand füßelte. Er schob sein Bein einen Fußbreit nach rechts, doch der fremde Fuß ließ nicht von ihm ab und blieb stur an seiner Hose. Und auch wenn er gerne einen von Alenas schwarz bestrumpften Füßen gespürt hätte und des Rotweins wegen zuerst auch spürte, den dunkelsten untersten Teil mit den Zehen, die sich reckten und die Wade hinaufkletterten, konnte es doch nicht sein, zu weit saß sie entfernt. Verwundert blickte er in die Runde – ob es sich um einen schlechten Scherz handelte oder einen plumpen, peinlichen Annäherungsversuch von einer Seite, die er bislang nicht bemerkt hatte? Hatte Pieter van de Cuylen womöglich eine Schwäche für Männer? Aber würden Männer, die eine Schwäche für

Männer haben, ihre Absichten und Wünsche mit den Füßen artikulieren? War Füßeln nicht eher eine heterosexuelle Form des Flirtens? Oder war es ein Fuß, der sein eigentliches Ziel verfehlt hatte und die falsche Wade streifte? Ernst und neugierig schaute er auf die andere Seite des Tisches, auf sein Gegenüber, den deutschen Schauspieler Töns Tanetzki, der ihm aber keine Beachtung schenkte, sondern ein lebhaftes Gespräch mit seinem Tischnachbarn führte, dem ehrgeizigen und aufstrebenden Filmwissenschaftler Healy-Stoneman, der an einer Dissertation über die Ameisen bei Buñuel arbeitete, wobei nicht festzustellen war, ob die beiden ernsthaft diskutierten oder nur angeheitert daherredeten. Da Tanetzki keine Reaktion zeigte, wandte er sich nach links zu van de Cuylen und fasste ihn scharf ins Auge; so geziert, wie der Holländer Messer und Gabel hielt und das Kalbsmedaillon zerlegte, konnte er durchaus der Mann sein, der unter Tisch für Unruhe sorgte; doch bis jetzt hatten sie außer ein paar höflichen Begrüßungsworten kaum miteinander gesprochen. Der Holländer machte einen ruhigen und besonnenen Eindruck, der gesunde Menschenverstand schien auszuschließen, dass sich ausgerechnet van de Cuylens Fuß so unverfroren an seine Wade schmiegte; Baranowski fiel nach dem Vorgefallenen außer Betracht, vom sittsamen Healy-Stoneman ganz zu schweigen. Das rasche Anheben des langen Tischtuchs und ein entschlossener Griff unter den Tisch schienen ihm angesichts der gediegenen Gesellschaft jedoch nicht das angemessene Mittel, um sich des unbekannten Fußes möglichst rasch zu entledigen. Statt dessen stand er kurzerhand auf, um auf die Toilette zu gehen. Auf dem Weg ins Parterre freute er sich über den gelungenen Schachzug, argwöhnte indes, der Verehrer – wenn es denn einer war und es sich nicht um eine Verwechslung handelte – könnte seinen plötzlichen Abgang missverstehen und ihm folgen.

Als er zum Waschbecken trat, entdeckte er neben dem Handtuchapparat einen jener Automaten, die in Herrentoiletten hängen, einen jener cremefarbenen Kästen, von denen er nicht wusste, ob sie auch in Damentoiletten zu finden sind. Er war überrascht, hier in diesem alten Industriekomplex einen solchen Automaten vorzufinden. Ohne weiter darauf zu achten, wusch er sich die Hände, als er in seinem Nacken plötzlich einen leichten Luftzug spürte, der ihn zusammenfahren ließ. Aufgeschreckt wandte er sich um, aber in der Tür erschien zu seinem Erstaunen weder van de Cuylen noch Tanetzki noch Healy-Stoneman noch sonst einer seiner unmittelbaren Tischnachbarn, sondern Markus Weill. Auch Markus Weill schien verdutzt, als er die Tür öffnete und ihn bemerkte, ein Funke Irritation schlug ihm aus diesen steinfarbenen Augen entgegen, aber als Weill zum Toilettenbecken schritt, wurde sein Blick wieder mineralisch und undurchschaubar wie beim Essen. In der Zwischenzeit trocknete er sich fahrig die Hände und schaute beklommen auf den Kasten. Er fragte sich, ob ihm Markus Weill mit Absicht gefolgt war, ob er etwas wusste, ahnte oder von ihm wollte, ob er, der älter war, die Sache nicht ertrug und das Unerträgliche nun artikulieren wollte, hier unten, in dieser Fabriktoilette, die einen seltsamen Geruch verströmte, als ob sich der Schweiß ganzer Arbeitergenerationen ins Gemäuer gefressen hätte, aber im Spiegel sah er den Nacken von Markus Weill, sah das weich fallende, dunkle Haar in diesem unschuldigen Nacken und tat den Gedanken gleich wieder ab.

In der großen Halle wurde indessen der Nachtisch serviert, feine Cassis-Kugeln, tropische Früchte, imposante Torten sowie Schokoladenkekse und mit Aprikosen- und Kakaolikör gefüllte Pralinen. Er ging zu Alena und tippte ihr von hinten auf die Schulter.

»Du überraschst mich immer wieder neu.«

»Ich wusste erst seit gestern von der Einladung.«

»Erst seit gestern?«

»Ja.«

»Warum hast du nicht angerufen?«

»Du weißt doch, es gibt Tage, an denen ich nicht kann.«

Sie sagte es nicht vorwurfsvoll, aber leicht verärgert, wohl weniger über seine Frage, als darüber, dass es solche Tage gab.

»Wer hat euch denn eingeladen?«

»Steiner. Er sitzt im Organisationskomitee. Markus hat ihn beim Karst-Film wissenschaftlich beraten und ihn im Bisisthal zu Karrenfeldern und Dolinen geführt.«

»Ach so. *Der Karst vom Bisisthal.* Klar.«

Er machte eine Pause und sah sich um, ob Markus Weill schon im Anmarsch war.

»Ganz schön bescheuert, das mit der Sitzordnung hier, was?«

»Ja, wie in der Schule. Ist aber nur für das Essen verbindlich.«

»Dann kann ich mich nachher zu dir setzen?«

»Klar.«

»Ist das nicht zu auffällig?«

»Ach Quatsch!«

Sie legte ihm kurz die Hand auf den Arm.

»Drüben in der anderen Halle spielen nachher die *Flying Phantoms* zum Tanz auf.«

»Ich weiß, und unten im Keller laufen die ganze Nacht Vorpremieren.«

»Kennst du das Programm?«

»Nein.«

Kaum hatte er das gesagt, trat Markus Weill wieder in den Saal.

»Na dann, bis später, sonst verpasse ich noch das Dessert«, sagte Ben im Weggehen, mit einer Mischung aus Ärger und Ernüchterung. Da war er wieder, der Dolinenexperte, der alles so schwierig machte, und plötzlich sah er nur noch Dolinen vor sich, auf dem Boden, den Tellern, den Wänden; mit einem Mal krampfte sich etwas zusammen in ihm, denn war nicht auch das Leben eine Doline, eine Art Trichter, der sich in Folge der ständig einstürzenden oder langsam versickernden Eindrücke mehr und mehr verengte, um am Ende zu einer schmalen Öffnung zu führen, vor der nur noch die Möglichkeit blieb, sich in den unbekannten Schlund zu werfen und sich darin zu verlieren? Und war es mit der Liebe nicht dasselbe? Waren in der Jugend die Möglichkeiten, sich zu verlieben, nicht unendlich groß, waren da nicht das Mädchen aus der Drogerie oder die Arztgehilfin oder die Friseuse, später die Klavierlehrerin oder die Krankenschwester oder die Frau von der Bank, waren die Möglichkeiten nicht nahezu unermesslich, bis man nach und nach einsehen muss, dass die meisten Möglichkeiten gar keine sind, dass sie im Gegenteil unmöglich sind, aus welchen Gründen auch immer, sei es wegen unserer unausweichlichen Entwicklung oder Reifung oder Verkalkung, was vielleicht dasselbe ist, und dass sich im Laufe unseres Lebens immer weniger Möglichkeiten auftun, mit der Zeit nur noch ein paar wenige, am Schluss vielleicht noch eine einzige? Und was, wenn diese eine Möglichkeit, die man als einzig richtige erkannt zu haben meint (sofern man diese Idee nicht von vorneherein als fix und neurotisch abtun will), wenn diese eine letztlich besetzt oder doch nur eine halbe ist, weil sie selbst ihre Möglichkeiten zum Teil schon ausgeschöpft und verwirklicht hat und in Strukturen steckt, die nicht aufzulösen sind, letztlich also eine tragische Möglichkeit darstellt, die nur von einem tragischen Charakter überhaupt als Möglichkeit *gesehen* und ergriffen werden kann, eine Möglichkeit, die prinzipiell von Unmöglichkeit und Beschränkung begleitet ist und von jedem vernünftigen Menschen als absolut unmöglich eingestuft würde?

»Möchten Sie Cassis-Eis oder ein Stück Schwarzwäldertorte?«

Der Kellner wies auf den reich beladenen Servierwagen und schaute ihn fragend an.

»Ach so«, murmelte er gedankenversunken.

»Bitte?«

»Ein Karst-Eis, bitte.«

»Wie bitte?«

»Ich meine, ein Cassis-Eis, bitte.«

Er war verstört, seine Zunge verriet es, und seine Verstörung wurde immer größer, aber wenigstens herrschte unter dem Tisch mittlerweile Ruhe, wahrscheinlich hatte der Füßler das Bein gefunden, das sich nicht entfernte, oder er hatte seinen Spaß daran verloren, fremde Waden zu streifen und zu streicheln, auf jeden Fall folgte kein Fuß mehr seiner Wade, er konnte seine Beine unter dem Tisch ausstrecken und frei bewegen, konnte sie übereinanderschlagen und mit dem Fuß wippen, ohne jemandem in die Quere zu kommen.

Seine Tischnachbarn hatten ihre Nachbarn in der Zwischenzeit in lebhafte Gespräche verwickelt, Töns Tanetzki war verschwunden, so dass als einziger Gesprächspartner der aufstrebende und sichtlich ehrgeizige Filmwissenschaftler Healy-Stoneman blieb, der ihm schräg gegenüber saß. Ohne lange zu überlegen richtete er eine Frage an ihn, die mit einer gewissen Trägheit beantwortet wurde und eine gequälte Gegenfrage zur Folge hatte, die rasch beantwortet wurde und ihrerseits wieder eine Frage auslöste, deren Beantwortung in weitere Fragen mündete, deren Beantwortung unweigerlich zum fraglos interessanten Thema von Healy-Stonemans Arbeit führte, den Ameisen bei Buñuel.

»Nur bei Buñuel?«, fragte er und strich sich langsam über die rechte Braue.

»Nur bei Buñuel«, erwiderte Healy-Stoneman nicht ohne Stolz.

»Ach, wie interessant«, sagte er und nickte anerkennend. »Und was haben Sie dabei herausgefunden?«

»Die Ameisen bei Buñuel sind nicht einfach Ameisen«, hob Healy-Stoneman an und holte tief Luft, offenbar gewillt, es lange nicht mehr zu tun. Doch Healy-Stonemans Auslassungen begannen ihn schon nach kurzer Zeit zu langweilen und zu ermüden, so dass er ein Gähnen nur mit Mühe unterdrücken konnte und sich zusammenreißen musste, sein Gegenüber die einschläfernde Wirkung seines ausufernden Monologs nicht fühlen zu lassen. Es war leidlich anstrengend, mit servil offenem Mund Neugier und Interesse zu heucheln, so zu tun, als ob er aufmerksam zuhören würde, wo er in Wirklichkeit doch immer nur »Ameisen, Ameisen« hörte und schließlich nur noch »Schrebergarten«. Aber er riss sich erneut zusammen, am anderen Ende des Tisches saß Alena, zu der er sich bei nächster Gelegenheit setzen wollte, wenn die mineralischen Blicke dies zuließen und nicht noch mineralischer wurden oder ganz versteinerten. Höflich nickte er Healy-Stoneman hin und wieder zu, warf von Zeit zu Zeit ein »tatsächlich?« oder auch ein »ach ja?« ein, um dann seinen Blick ein wenig schweifen zu lassen, zu Dressel und Jacupovic und den anderen Berühmtheiten und Sternchen. Hinten im Saal entdeckte er seinen Kameramann und seine Cutterin, er gab ihnen ein Zeichen, sie winkten zurück und lachten. Am Nebentisch saß die makellose Schauspielerin Yvette Odélie, Yvette la Chouette, wie die französischen Zeitungen sie nannten, die er früher bewundert, ja vergöttert hatte, die ihn jetzt aber kalt ließ. Vielmehr interessierte ihn, dass der Platz an Alenas Seite frei geworden war, Markus Weill hatte mit Steiner den Saal verlassen, die lächerliche Sitzordnung war in Auflösung begriffen; sobald sich Gelegenheit bot, würde er sich zu ihr setzen. Doch obschon er kaum noch nickte und sich jedes Nachhakens enthielt, machte Healy-Stoneman keinerlei Anstalten, innezuhalten, im Gegenteil; je geringer sein Interesse ausfiel, desto unerbittlicher redete Healy-Stoneman auf ihn ein.

»Die Ameisen bei Buñuel sind nicht einfach Ameisen«, konstatierte Healy-Stoneman erneut und holte wieder Luft, offenbar noch immer gewillt, es lange nicht mehr zu tun. Ben hoffte auf Baranowskis polternde Faust, die unweit von Healy-Stonemans abgelegter Brille immer wieder auf den Tisch niedersauste, aber er hoffte vergebens. Statt sich abzuwenden, saß er bloß da, starrte verloren auf seine Serviette und ließ das Palaver über sich ergehen. Im Stillen verfluchte er Healy-Stoneman und sich selbst, verfluchte seine Unfähigkeit, einfach aufzustehen und zu gehen, als ihm unverhofft sein Fuß zu Hilfe kam.

»Entschuldigen Sie«, unterbrach er Healy-Stonemans Suada, »mein Fuß ist eingeschlafen.«

»Avoir des fourmis dans la main«, sagte Healy-Stoneman entzückt, »eingeschlafene Hände.«

»Ich glaube, ich muss einige Schritte tun.«

»Ameisen auf den Händen«, fuhr Healy-Stoneman fort, »Buñuels Bild für die Heimsuchung der Seele.«

»Im Fuß, nicht auf den Händen.«

»Buñuel«, sagte Healy-Stoneman.

»Nein, nein, bloß eingeschlafen«, erwiderte er, stand auf und tat einige Schritte, um sich Healy-Stonemans Heimsuchung zu entziehen, bis ans Kopfende des Tisches, aber kaum hatte er sich zu Alena gesetzt, war das Kribbeln verschwunden oder hatte sich in ein anderes verwandelt.

»Na, war's interessant?«, neckte sie ihn und tippte ihm kurz auf die Hand, sie hatte ihn seit dem Weggang ihres Mannes unverhohlen beobachtet. Sie lachte und sah ihn mitleidvoll an.

»Hast du Lust zu tanzen?«, fragte sie, noch bevor er etwas erwidern konnte.

»Gehen wir doch mal in die Tanzhalle hinüber.«

Obwohl sie beide gerne tanzten, glitten sie ein wenig verkrampft über das Parkett, sie fühlten sich beobachtet und waren es auch, denn als er nach dem ersten Tanz den Blick schweifen ließ, entdeckte er nicht weit entfernt, ein Champagnerglas in der Hand, Markus Weill.

»Du bist hier?«, fragte sie erstaunt und tupfte sich mit einem Taschentuch den Schweiß von der Stirn, als sie bei ihm angelangt waren. »Ich dachte, du schaust dir *Tanz der Bären* an?«

»Ja, wollte ich auch. War aber nicht zum Aushalten«, erwiderte er trocken, mit einem zynischen Unterton in der Stimme, »ich musste nach einer Viertelstunde raus. Eine Zumutung.«

Markus Weill warf ihm einen eindringlichen Blick zu, in seinen Augen lag Verdrossenheit. Jetzt würde die Szene folgen, wenn sie nicht schon begonnen hatte. »Eine Zumutung«, hatte er gesagt, »War nicht zum Aushalten«, hatte er gesagt.

»Darf ich dir vorstellen: Ben Beretta«, sagte sie.

»Ben Beretta?«

»Du weißt doch, der Regisseur von *Crimes on a Pillow.*«

»Freut mich, Herr Beretta. Markus Weill.«

»Freut mich, Herr Weill.«

Sie schüttelten sich die Hände, sahen sich an und schwiegen, zu dritt bildeten sie eine Insel des Schweigens, inmitten der Ausgelassenheit und des Trubels, der an ein Straßenfest erinnerte. Markus Weill schaute ihn forschend an, was musste in diesem Mann vorgehen, von dem Ben nicht viel mehr wusste, als dass er der Mann seiner Geliebten war. Gewiss musterte Weill ihn, um zu sehen, was seine Frau an ihm fand, worin seine Anziehungskraft, sein Charme bestand, aber vielleicht musterte der Ältere ihn auch nur, um im nächsten Augenblick ausfällig zu werden, solche Dinge geschehen bisweilen, nicht bloß im Kino.

»Schade, dass ich Ihren Film nicht gesehen habe«, sagte Weill schließlich, jovial beinahe, als spräche er zu einem alten Bekannten, und klemmte sich die schiefergraue Krawatte wieder fest, die aus der Halterung gefallen war und für einige Augenblicke frei gebaumelt hatte.

9

Neugierig atmeten sie die Stille ein, die sie durchzog wie der Duft von Kastanien, nachdem das Postauto talaufwärts weggefahren war und sie alleine auf dem staubigen Pflaster des entlegenen Fleckens zurückblieben. Der Weiler schien verlassen, wie ausgestorben, und dennoch waren es nicht sie, die durch den Ort strichen, sondern es war der Ort, der durch sie strich, gleichsam wie Wind durch Sommerkleider, lau und lautlos.

Sie gingen zum Fluss hinunter, zum breiten, nicht sehr hohen Wasserfall, vor dem das Gewässer sich merklich vertiefte und ein größeres Becken bildete. Als sie sich ans Ufer hockten und die Beine über die bemoosten Steine ins Wasser baumeln ließen, bemerkte er auf der anderen Seite des Beckens zwei Jungen, der eine im Wasser stehend, mit den Armen rudernd, spritzend und prustend, der andere am Ufer, offensichtlich ein Nichtschwimmer, den der erste verspottete. Die Szene erinnerte ihn an triste und einsame Momente der Kindheit, an den Kummer, den ihm sein Nichtschwimmenkönnen eingetragen hatte, und die Erinnerung daran war so heftig, dass er davon zu erzählen begann. Er erzählte Alena von seiner Angst vor dem Wasser, von den Eltern, die nicht schwimmen konnten, und den Verwandten, die es auch nicht konnten, eine Familie aus lauter Nichtschwimmern; von den Sommerferien, in denen man ihn gegen seinen Willen immer wieder in den Schwimmkurs schickte; vom Stehen in Einerreihen vor dem Freibad, wobei er immer zur letzten Gruppe gehörte, der Gruppe der Anfänger; von den Gleichaltrigen, die in stärkere Gruppen aufstiegen, während er Jahr für Jahr in derselben blieb, in der er die anderen nach und nach um einen oder gar zwei Köpfe überragte, während des Unterrichts aber als einziger nicht ins Wasser sprang und auch keinen toten Mann geschweige denn eine Breite schaffte noch einen Teller vom Bassinboden zu holen vermochte; er erzählte Alena von der Schmach, wenn die kleinen Knirpse, ohne mit der Wimper zu zucken, links und rechts an ihm vorbei vom Startblock sprangen oder vom Ein- oder gar Dreimeterbrett, während er sich verschämt am Rand des Beckens festhielt oder auf einem Mäuerchen kauerte und frierend zuschaute; von der Einsamkeit des Nichtschwimmers in einer Horde von begeisterten Schwimmern; vom Hänseln und Spotten und der ständigen Angst, von irgendwelchen Idioten hineingeworfen zu werden und zu ertrinken; von dem persischen Schwimmlehrer, den er im Grunde sehr mochte, ja bewunderte, der sich über sein Versagen aber derart aufregte, dass er ihn als Muttersöhnchen beschimpfte und nach Hause schickte; von seinem anhaltenden erfolglosen Widerstand gegen diese alljährliche Tortur; von den heimlichen Kämpfen, den Klagen und den schlaflosen Nächten vor den Ferien; von der Hoffnung auf ein unerwartetes Einlenken der Mutter, einen Funken Verständnis, und den Vorwürfen, das Geld mutwillig zum Fenster hinauszuwerfen; von der elterlichen Hartnäckigkeit und seinen Weinkrämpfen, den Tränen über das Versagen, von der Enttäuschung auf allen Seiten, etwa von Tante Rita, die ihm Schokoladeküchlein schenkte und ihm immer wieder gut zusprach; von dem Trick, wie er sich schließlich von den Kursen befreite, wie er mit einem Teil seines Ersparten das Schwimmabzeichen von einem Freund erstand, das dieser von seiner Badehose abgetrennt hatte und das dem Träger die Fähigkeit attestierte, im Brustschwimmen eine Breite zu schaffen, ohne dass er je eine Breite geschafft hätte, ohne dass er je auch nur einen Meter geschwommen wäre; und dass ab der Stunde, da er das Zeichen am Ende des Kurses in seinem Turnsack mit nach Hause brachte und mit gespieltem Stolz auf den Tisch legte, nie mehr davon die Rede war, ihn wieder in den Kurs zu schicken: Eine Breite genügte in einer Familie von lauter Nichtschwimmern.

Der Junge hatte sich in der Zwischenzeit vom anderen Ufer entfernt, flussaufwärts hinter Büschen Deckung gesucht, während sein Freund noch immer im Wasser herumtollte, Tang an die Oberfläche beförderte und diesen in seine Richtung warf.

»Und sie haben nichts gemerkt?«, fragte sie voller Neugier.

»Wie sollten sie?«, sagte er. »Sie konnten ja nicht schwimmen und gingen deshalb nie ins Freibad. Dass ich ihnen das Gelernte in einem Fluss oder einem See vorführte, schien ihnen der Strömung und der Strudel wegen zu gefährlich, sie hätten mich ja nicht retten können – das war mein Glück.«

Dann erfuhr er, dass auch sie lange nicht schwimmen konnte, bis sie dreizehn oder vierzehn war, weil sie kein Interesse daran hatte und ihre Mutter nur einmal einen Versuch unternahm, es ihr beizubringen; dass sie nie in den Schwimmkurs geschickt wurde und im Freibad immer Angst haben musste, von übermütigen Burschen ins Wasser geworfen zu werden; dass sie nichts mehr fürchtete als Springen und Tauchen; dass sie einmal einen Jungen beobachtet hatte, der vom Zehnmeterbrett sprang, aus dem Gleichgewicht geriet und flach mit dem Bauch auf das Wasser prallte, so dass er auf der Stelle tot war; dass diese Wasserleiche fortan gespenstisch durch ihre Träume trieb; dass sie schließlich doch noch schwimmen lernte, weil sich eine Nachbarsfrau ihrer annahm und ihr mit Trockenübungen die richtigen Bewegungen beibrachte; dass sie nach und nach Vertrauen gewann, im Schülerbecken zwei, drei Züge schaffte und schließlich eine Länge; dass sie sich heute ein Leben ohne Schwimmen nicht mehr vorstellen könne, dass ihr dies Dahingleiten und Schweben über alles gehe und sie sich dabei bestens erhole; dass sie einen schlechten oder melancholischen Tag noch in einen guten verwandeln könne, wenn sie mindestens eine Viertelstunde im Wasser gewesen sei; dass sie sich wie außerhalb der Zeit fühle, wenn sie schwimme, sozusagen auf dem Rücken der Zeit; dass sie nur eine verschwommene Vorstellung von diesem Zustand habe, dass sie ihn aber auf keinen Fall missen wolle und sich danach frisch und zufrieden fühle wie sonst nie.

Eigentlich hatte er mit ihr gar nicht über das Schwimmen reden wollen, über diese Zustände wie außerhalb der Zeit (bei ihr) oder wie außerhalb der Welt (bei ihm), dieses Aufgehen oder Fremdsein in dem fremden Element, über Schokoladeküchlein und Wasserleichen, eigentlich war die Frage, die ihn schon die ganze Zeit über beschäftigte oder bedrückte, eine andere, es war die Frage nach der Art ihrer Verbindung, ob es sich bloß um eine Affäre handelte oder um eine Beziehung, eine leichte oder doch eine ernste Geschichte, etwas Flüchtiges oder etwas Dauerhafteres, es war die Frage nach Alenas Verhältnis zu ihrem Ehemann oder ihren Ehemännern, wenn man die vergangenen auch dazurechnete, die Frage, wie sie das alles zusammenbrachte und was es ihr bedeutete, ihre Position in diesem bunten Knäuel, er wollte wissen, wo sie stand.

Doch waren es gerade die Fragen, die hätten gestellt werden müssen, die er nicht stellte. Alena dachte weiter laut über das Schwimmen nach, über Widerstände gegen das fremde Element, über fehlendes Urvertrauen und die Angst vor dem Ertrinken, die Frage jedoch, die ihm auf den Lippen brannte, schien sie nicht zu erraten. Dabei wartete er nur auf den richtigen Moment, sie zu stellen, der Augenblick schien ihm nicht reif, der Wechsel wäre zu abrupt, zu schroff, und doch wünschte er sich insgeheim, sie läse ihm die Frage von den Lippen. Aber vielleicht hatte sie das ja schon längst getan, vielleicht sprach sie nur deshalb so erschöpfend über das Schwimmen, um nicht über anderes sprechen zu müssen.

Auch wenn der Augenblick für die Frage noch nicht gekommen war, zweifelte er nicht, dass sie als Ehefrau gewisse Pflichten hatte, die zu vernachlässigen oder zu negieren sie in Schwierigkeiten bringen musste. Gewiss würde sie das Schlafzimmer mit Markus Weill teilen, wenn sie nicht eines jener Ehepaare mit getrennten Schlafzimmern waren, aber auch dann würde Markus Weill auf seinen Wünschen beharren, nicht mit Worten vielleicht, doch mit Blicken oder Gesten oder Berührungen, sei es aus Lust oder aus Gewohnheit. Gewiss würde er aus seinem dämmrigen Halbschlaf fahren, wenn sie spät abends vom Fernsehstudio nach Hause kam, würde hören, wie sie sich eine kalte Milch aus dem Kühlschrank holte und mit dem Pinscher Pluto plauderte, wie sie die Schuhe auszog und mit gedämpften

Schritten in der Wohnung umherging, auf Strümpfen all die kleinen Dinge, die zu erledigen sind, erledigte; gewiss würde er Licht machen im Schlafzimmer, sich aufsetzen und nach dem Buch greifen, das auf dem Nachttisch lag, um darin zu blättern und auf sie zu warten; womöglich würde er sich fragen, was sie denn so lange tat, aber da war noch die Post, der Anrufbeantworter, das Geschirr; bis sie schließlich müde im Schlafzimmer erschiene, wo sie ihn zu ihrer Überraschung wach und lesend vorfinden würde; eilig würde sie die eine oder andere Episode vom Tage erzählen, in ihrer Handtasche stöbern und nach den Kindern fragen, um dann im Badezimmer zu verschwinden, sich die Zähne zu putzen und mit Wattebäuschen die Schminke zu entfernen, bevor sie wieder in das Schlafzimmer ginge, in dem Markus Weill noch immer ungeduldig italienische Kirchen studierte; mit einem schlechten Gewissen würde sie zum Fenster eilen und die vergessenen Bromelien gießen, während er lustlos in dem Buch blätterte: ein Paar, ein Ehepaar, das sich bereit machte, die Nacht gemeinsam zu verbringen, sie zu verkürzen oder zu verlängern, je nach Stand der Ehe. Sobald Alena die Pflanzen gegossen hätte, würde sie noch einmal ins Badezimmer gehen, das Licht anmachen, sich entkleiden, sich die Strümpfe und die Unterwäsche abstreifen – erst das Oberteil, dann den Slip –, um ein T-Shirt überzuziehen, zurückzukommen und sich neben ihren Mann zu legen; er würde sich zu ihr drehen, um sie in seine Arme zu nehmen, sie würden kaum reden, es würde nicht nötig sein, zu fragen und zu reden, wie es bei einem Liebhaber oder einer Geliebten nötig wäre, weil alles neu ist und erst erkundet werden muss, während Markus Weills Berührungen routiniert und sicher ausfielen; sie würden sich umarmen, ohne sich anzuschauen, nicht sehr heftig, und gewiss würde sie das Licht dämpfen oder ganz löschen, wie es Frauen mögen, doch mit einem Mal würde sie sich aus der Umarmung lösen und in die Küche huschen, um der Kinderfrau, die frühmorgens kommen würde, rasch einen Zettel hinzulegen. Gähnend würde sie ins Bett zurückkehren, Markus Weill würde warten, dass sie nun den ersten Schritt machte, doch sie wäre so müde und erschöpft, dass sie eigentlich nur schlafen wollte, schließlich war sie eine Frau, die viel Schlaf brauchte, sie führte ein anstrengendes Leben, also würde er es wieder sein, der sie wie zufällig streifte und am Arm berührte, so gefühlvoll, dass sie die Berührung würde erwidern müssen; sie würde ihn küssen, gute Nacht sagen und sich umdrehen, er würde insistieren, nicht zu fest, um sie nicht zu verärgern, sich dann aber fügen, gute Nacht war gute Nacht.

Gut möglich jedoch, dass sich Markus Weill nicht fügte, dass er auf seinen Wünschen bestände, selbst wenn ihre Ehe schon lange nicht mehr so berauschend war, wie Alena gesagt hatte; gut möglich, dass er nach ihrem Gutenachtkuss einfach sein hellblaues Sweatshirt abstreifen und in die Ecke werfen würde, um sich ihr leidenschaftlich zu nähern, so dass es sie einige Mühe kostete, sich seinem Ansturm und seinen wilden Küssen zu entziehen; gut möglich, dass Markus Weill ein einfallsreicher Liebhaber war, der einem außerehelichen Liebhaber in nichts nachstand, vielmehr im Wissen um die Gefahr eines solchen sich auch im Bett als überaus raffiniert erwies; gut möglich, dass Alena die Beziehung zu ihrem Mann herunterspielte, dass er sie noch immer zu verführen wusste, dass sie sich noch immer liebten und nach einem Streit im Bett wieder zu versöhnen pflegten; gut möglich, dass in Alenas Leben für einen Liebhaber gar kein Platz war.

Aber hatte sie nicht gesagt, dass mit der Geburt ihrer Tochter Lina alles anders geworden sei, als wäre ihre Liebe in das Kind gegangen und nichts davon übrig geblieben? Hatte sie nicht mit großer Distanz von ihrer Ehe gesprochen? War es da denkbar, dass ihr Begehren für ihren Mann doch stärker war als für ihn, war es denkbar, dass eine nächtliche Melancholie sie in seine Arme trieb, dass eine ferne Erinnerung oder auch nur die Spur einer Erinnerung die verlorene Sehnsucht nach ihrem Mann wieder weckte, der Duft eines Parfums vielleicht, der Farbton eines Hemdes, ein paar Takte eines vergessenen Musikstücks, zu dem sie getanzt hatten, als sie noch ineinander verliebt waren? Oder ein Himmel mit rasch vorbeiziehenden Wolken, das Meer, das sich den Klippen entgegenwirft, Möwen, die gegen den starken Wind fliegen und in der Luft stehen bleiben, Erinnerungen an Reisen oder gemeinsam durchwachte Nächte, die wie eine Mauer vor dem Eindringenden schützen?

»Sieh mal, die Schwäne«, sagte sie und wies auf vier prächtige Tiere, eine ganze Schwanenfamilie, die sich mit der Strömung in das Becken treiben ließ, wobei die Mutter sorgsam darauf bedacht war, dass die Jungen nicht zu stark gegen den Wasserfall drifteten. »Die haben keine Probleme mit dem Schwimmen.«

»Nein, die müssen das auch nicht lernen«, erwiderte er und machte sich an seinen Hemdknöpfen zu schaffen.

»Ist noch Brot im Rucksack?«

»Wir haben noch einen Döner und ein Schinkensandwich.«

Er öffnete den Rucksack und reichte ihr den Döner, sie warf einige Stückchen in das grünlichblaue Wasser, worauf sich die Schwäne gierig auf das Futter stürzten, um es bis auf den letzten Rest zu vertilgen und zufrieden mit den Schnäbeln zu klappern.

»War das eigentlich eine Szene auf dem Fest oder war es keine Szene?«, fragte er plötzlich, und als er das sagte, war er selbst überrascht, dass er diese Frage stellte.

»Das mit Markus?«

»Ja.«

»Nein, ich glaube nicht. Markus ist so. Er ist viel zu klug, um eine Szene zu machen.«

»Bist du sicher?«

»Ja.«

Es entstand eine Pause, und die Schwäne entfernten sich wieder, nachdem sie einen Moment lang verharrt und neugierig in ihre Richtung gespäht hatten, da sie wohl weitere Brotstückchen erwarteten. Er sah Alena von der Seite an und bemerkte, dass sie blinzelte. Verwundert fragte er sich, warum er diese Frage gestellt hatte und nicht die, die er eigentlich hatte stellen wollen, wo es doch jetzt die Lücke im Gespräch gegeben hatte, sie endlich zu stellen, wo doch jetzt der Moment gekommen war, das heikle Thema anzuschneiden und endlich Klarheit zu schaffen, ob er bloß eine nette Abwechslung war oder mehr.

Er blickte auf und bemerkte, wie es einen der jungen Schwäne zu nahe an den Wasserfall getrieben hatte, ein kurzer Moment der Unachtsamkeit, und schon war es passiert, die Strömung drohte ihn hinunterzureißen, mit aller Kraft stemmte er sich dagegen und paddelte, so dass er sich gerade noch in Sicherheit bringen konnte.

Was würde Alena antworten, wenn er ihr jetzt die Frage stellte? Würde sie ausweichen und den Schwänen frisches Brot zuwerfen, würde sie nach den verschwundenen Jungen am anderen Ufer Ausschau halten? Würde sie laut auflachen, ihn umarmen und küssen? Würde sie abwinken und über diesen antiquierten Unfug herziehen? Im Grunde würde ihr nichts anderes übrig bleiben, als mit »Ja« oder »Nein« zu antworten, wenn er sie fragte, ob sie ihm treu war. Vielleicht würde sie ohne zu zögern »Ja, natürlich« sagen, obwohl sie auch antworten könnte: »Es kommt drauf an.«

»Bist du mir eigentlich treu?«, entfuhr es ihm, noch bevor er die Frage hatte stellen wollen.

»Treu?«, sagte sie. »Ja, natürlich. Das heißt: Es kommt drauf an.«

10

Von ihren Kindern hatte Alena ihm gegenüber bislang nicht allzu oft gesprochen, vielleicht aus Takt, weil sie das lebendige Zeugnis vergangener Liebe waren und vergangene Liebe die gegenwärtige immer irritiert. Aber die Kinder waren da, waren sie nun geplant gewesen oder nicht, sie waren nicht rückgängig zu machen, und Alena würde sie gewiss auf keinen Fall rückgängig machen wollen, auch wenn sie sich zuweilen nach einem Leben ohne Kinder sehnte, einem Leben mit mehr Freiheit und weniger Pflichten. Die Kinder hatten sie zur Mutter gemacht und ihr so eine Rolle zugewiesen, die Ben nicht vertraut war, was hatte er bislang mit Kindern zu tun gehabt, er, der weder Vater noch Onkel noch Pate war, Knetmasse, Klarinette, Rollhockey, das alles war ihm eine fremde Welt, um die er sich bis jetzt kaum gekümmert hatte. Aber vielleicht waren Kinder ja auch nur ein wandelnder Vorwurf an sein Künstlertum, stellten das Versäumte seiner cineastischen Existenz dar, ein lebendiges Sinnbild seines ungelebten Lebens. Doch als er sich entschlossen hatte, sich ganz dem Film zu widmen, hatte er nicht an ein Kind gedacht, nicht daran, einmal einen Nachkommen zu haben, mit ihm zu malen und Sandburgen zu bauen und ahnungslosen Nachbarn Hagebutten in die Stube zu werfen, nicht daran, Hexenhäuschen zu backen und Verstecken zu spielen und Drachen steigen zu lassen, er hatte immerzu nur an Geschichten gedacht, die er unbedingt erzählen wollte und die mit Sandburgen und Hexenhäuschen nichts zu tun hatten, es sei denn mit den Sandburgen und Hexenhäuschen der Erwachsenen. Dieser Entschluss war ein Gelenk seines Lebens, er hatte es in eine gewisse Richtung geführt, und zugleich eine Reihe anderer Möglichkeiten ausgeschlossen, dieser Entschluss war das Resultat von Überlegungen, was geschähe oder auch nicht geschähe, wenn er gefasst würde, denn ständig simulierte sein Denken auch das Ungeschehene, stellte sich die schreienden Ungeborenen vor, die verschwitzten Söckchen, die verschissenen Windeln, so dass ihm manches, was geschah, in gewissem Sinne regelhaft und vernünftig erschien, und doch war es unmöglich, den Zufall ganz auszuschließen, weil sich alles auch um- oder wegdenken ließ, weil alles auch anders sein konnte, oder zumindest dachte er, dass es so sei.

Doch Alenas Kinder ließen sich nicht um- oder wegdenken, sie waren da, sie brauchten Beachtung und Zuwendung. Und noch mehr Beachtung und Zuwendung brauchten sie, wenn die Mutter weg musste, um ein Interview zu machen, die Kinderfrau erkrankt war und der Ersatzbabysitter nicht erreichbar, denn ganz sich selbst überlassen waren sie gereizt und überempfindlich und hysterisch und neigten dazu, die Wohnung in ein Schlachtfeld zu verwandeln.

In dieser Notlage hatte ihn Alena angerufen, und so war er erstmals eingesprungen, Lina, Tobias und Sarah ein paar Stunden zu hüten, auf sie aufzupassen, zu kochen, zu spielen und für sie da zu sein, bis ihre Mutter wieder zurück sein konnte. Alena hatte ihn allen vorgestellt, als sie von der Schule kurz vor Mittag nach Hause gekommen waren, und war nach einer halben Stunde gegangen, er hatte Lina, Tobias und Sarah über die Ferien befragt und sich dann ans Kochen gemacht, Ratatouille mit Auberginen, Zucchini, Peperoni und Tomaten, dazu Nudeln und einen grünen Salat, denn die drei waren alle Vegetarier, oder zumindest Sarah, die älteste, war es, und die anderen hatten, weil es modisch war und sie in nichts nachstehen wollten, nachgezogen. Während er das Gemüse putzte, war Lina, die Kleine, in der Küche erschienen, um den Zwergpinscher Pluto auf die Terrasse zu tragen und mit ihm herumzutollen, die Siebenjährige war ein temperamentvolles, energisches Wesen, mit einem wachen, gespannten Blick und demselben dichten Haar wie ihre Mutter; und dennoch schien sie ihrer Mutter nicht zu gleichen, so wie sie auch ihrem Vater nicht glich, der auf Dienstreise war und in einem Karstgebiet Sloweniens Dolinen erforschte; vielmehr schienen ihre Züge direkt von einer fernen Urahnin zu stammen, die ihre Gesichtszüge an dieses Kind weitergegeben und dabei ihre eigenen Kinder oder Enkel ausgelassen hatte, so dass das Gesicht jener Urahnin ein halbes oder beinahe ganzes Jahrhundert später wieder jung und frisch und ohne Falten zutage trat; Lina also spielte mit dem Hund, die Gestalt jedoch, die für einige Stunden die väterliche vertreten würde, schaute sie kaum an, es schien sie nicht zu kümmern, was in der Küche geschah, wer da in den Töpfen rührte, vielleicht hatte sie schon zu viele rühren gesehen. Als er die zerschnittenen Auberginen in den Kochtopf gab, tauchte Tobias in der Küche auf, um sich ein Glas kalte Milch einzuschenken, und dabei warf ihm der Junge einen verstohlenen Blick zu und schaute ihn seltsam an. Wenn Ben es nicht schon gewusst hatte, ahnte er spätestens jetzt, dass er kein leichtes Spiel haben würde, hier in der Höhle des Löwen, wo man nicht auf ihn gewartet hatte, ihn im Gegenteil wie Luft behandelte oder als Eindringling und Störenfried betrachtete, den es so schnell wie möglich wieder zu vertreiben galt. Er fühlte, dass er sich in Acht nehmen musste, der ihm entgegengebrachten Skepsis und Gleichgültigkeit nicht mit Skepsis und Gleichgültigkeit zu begegnen, damit das heikle Unternehmen der Annäherung nicht von vorneherein zum Scheitern verurteilt war. Um das Eis zu brechen, wandte er sich an Tobias und fragte ihn nach dem Fußballspiel vom Vorabend, aber ohne ein Wort und ohne einen Blick verließ der Junge die Küche.

Mit leichtem Unbehagen zerkleinerte er die Zucchini, denn wer verbringt schon gerne einen Tag mit lauter gleichgültigen oder gar feindseligen Kindern? Seine Zweifel wuchsen, je kleiner die Zucchini wurde, wäre er nicht besser zu Hause geblieben, wäre es nicht schlauer gewesen, die Kinder nicht hineinzuziehen oder sie erst langsam an ihn zu gewöhnen? Doch kaum war Tobias verschwunden, gesellte sich Sarah zu ihm, die Älteste mit dem rotbraunen Pferdeschwanz und den Sommersprossen. Sie sagte, sie wolle ihm helfen, den Tisch zu decken, und während sie ihn deckte, begann sie von einem Gedicht zu erzählen, das sie im Deutschunterricht gelesen hatten, ein Gedicht über eine Taschenlampe, die, obwohl sie nie gebraucht worden war und nie gebrannt hatte, eines Tages, als man sie endlich gebraucht hätte, nicht brannte. Auch wenn Sarah fand, dass man das Gedicht einfacher hätte schreiben können, hatte es sie doch beeindruckt, und da sie als Hausaufgabe einige Gedanken dazu in ihr Heft schreiben musste, fragte sie ihn, was er an ihrer Stelle schreiben würde. Sie griff sich an den Pferdeschwanz und warf ihm einen neugierigen Blick zu, er überlegte einen Moment und sprach von verschenkten Möglichkeiten und ungenutzten Kräften, davon, dass in vielen Dingen mehr Möglichkeiten steckten, als wir dächten, was auch auf uns Menschen zutreffe, denn was wir täten, reiche selten an das heran, was wir zu tun imstande seien. Überdies gehe auch ungelebtes Leben früher oder später zu Ende, aber natürlich könne man sich auch fragen, was die Taschenlampe davon gehabt hätte, hätte sie gebrannt. Während er die Zucchini in den Topf gab und das Ratatouille mit Pfeffer und Paprika würzte, versuchte er sich zu erinnern, was »Ratatouille« eigentlich hieß, wie man es zu übersetzen hätte, aber er kam nicht darauf, die Wendung war ihm entfallen. Statt dessen schimpfte er sich im Stillen einen Wolkenkopf, was redete er für abgehobenes Zeug, schließlich war Sarah noch ein Kind, wenn auch ein hochbegabtes, das zwei Klassen übersprungen hatte, doch sie notierte sich beflissen einige Stichworte und hörte ihm aufmerksam zu. Wenigstens bei ihr musste er nicht kämpfen, keinen unüberwindbaren Widerstand überwinden, wie er ihn beim Essen wieder spürte, als Tobias und Lina am Tisch saßen und ihn stillschweigend anklagten und mit stummen Vorwürfen belegten. Wäre Sarah nicht gewesen, wäre er am liebsten gleich gegangen, aber auch die anderen beiden waren Alenas Kinder, und schließlich war er gekommen, um sie kennenzulernen, und nicht, um bei den ersten Schwierigkeiten die Segel zu streichen. Doch ihre misstrauische und widerspenstige Art machte es ihm nicht einfach, Tobias verschlang wortlos seine Nudeln, Lina stocherte lustlos im Ratatouille herum, das Ganze erinnerte ihn an die Stimmung von aufgezwungenen Sonntagsspaziergängen.

»Bäh!«, rief Lina plötzlich mit vollem Mund und spuckte theatralisch eine gekochte Tomate aus, was er nicht persönlich nahm, Alena hatte ihn vorgewarnt, Kinder im Allgemeinen und ihre im Besonderen seien schlechte, undankbare Esser.

»Schmeckt's euch nicht?«

»Es ist grässlich«, sagte Lina.

»Ich dachte, ihr seid Vegetarier und habt das gerne.«

»Schon, aber ich mag keine Tomaten.«

»Du magst keine Tomaten?«

»Nein. Gekocht sind sie ekelhaft.«

Sie verdrehte die Augen und kicherte los, und auch Tobias musste grinsen, das erste Mal, dass sich sein Gesicht ein wenig aufhellte und seine Züge sich entspannten.

»Und roh?«

»Roh finde ich sie prima. Aber ich darf keine essen, sonst bekomme ich einen Ausschlag, im Gesicht und am ganzen Körper, überall.«

»Du hast eine Tomatenallergie?«

»Mmh.«

Er wunderte sich, als Kind hatte auch er unter Tomatenallergie gelitten, er wusste, dass die roten Flecken juckten und bissen und erst nach Tagen wieder verschwanden.

»Na dann iss doch mal deinen Salat da.«

»Ich mag keinen Salat. Ich will Mango-Creme.«

Er warf einen Blick auf Tobias, der die Tomaten mit der Gabel sorgfältig an den Rand des Tellers manövrierte, ganz der große Bruder, der dieselben Rechte beansprucht wie die Schwester.

»Hast du auch eine Tomatenallergie?«

»Nein.«

»Aber du magst Tomaten nicht?«

»Mmh.«

»Und du willst auch Mango-Creme?«

»Mmh.«

»Na, sehr gesprächig bist du ja nicht. Esst doch wenigstens noch den Salat, dann gibt's die Creme.«

»Mango! Mango!«, schrie Lina aus voller Kehle.

»Hör auf!«, fauchte Sarah, der es als Ältester peinlich war, wie sich ihre jüngeren Geschwister aufführten. Verlegen schaute sie ihn an und schüttelte verärgert den Kopf.

»Möchtest du nicht etwas trinken?«, fragte ihn Tobias plötzlich sehr freundlich und wies auf die Mineralwasserflasche, die unberührt auf dem Tisch stand. Er war verdutzt, dass der Junge ihn angesprochen hatte.

»Ja, gerne.«

Er nahm die Flasche zur Hand, fasste den Deckel, der sich nicht lösen wollte, griff nach einem Lappen, um ihn mit diesem zu entfernen, doch kaum hatte er es getan, knallte der Verschluss mit Wucht gegen die Decke, und das Wasser schoss nur so aus der Flasche, über Hemd und Hose und Essen, er fluchte, doch Tobias und Lina konnten sich kaum halten vor Lachen, sie mussten die Flasche kräftig geschüttelt haben, beinahe musste auch er lachen über solchen Schabernack, aber er verkniff es sich, schließlich ging der Scherz mit der Flasche allein auf seine Kosten. In seinem Inneren schüttelte er den Kopf und fragte sich, ob er als Kind auch so dreist gewesen war. Er konnte sich das nicht vorstellen, vielleicht war es eine andere Generation von Kindern, die selbstbewusster auftrat, eine Folge davon, dass man sie freier oder anders oder auch gar nicht mehr erzog, aber vielleicht täuschte er sich auch bloß. Sarah reichte ihm ein Handtuch und wusste nicht so recht, was sie sagen sollte, sie schämte sich für ihre jüngeren Geschwister, die Tränen lachten und sich gegenseitig zu immer neuen Lachsalven aufschaukelten. Als sie sich nach einer Weile beruhigt hatten, fragte ihn Lina mit engelhafter Stimme:

»Bist du immer so dumm?«

Verstört schaute Ben in ihre wasserblauen Augen und sah darin so etwas wie Triumph, er würde mit Alena sprechen müssen, wenn sie nach Hause kam, oder besser noch, wenn die Kinder im Bett waren, sie hätte ihn besser vorbereiten müssen, hätte ihn warnen müssen, mehr von ihnen erzählen sollen, was hatte er getan, dass man ihn auf diese Weise behandelte, wo er doch mit den besten Absichten gekommen war, wo doch seine Geduld als unerschöpflich galt, nun war sie beinahe zu Ende und er dabei, zu kapitulieren. Er dachte an die Taschenlampe, die nicht mehr brannte, und an das Silberfischchen, das im Faden zappelte. Er sah auf die herausgespuckten, abgesonderten Tomaten, und während er so vor sich hin sah und in Gedanken die Teller abräumte, fiel ihm die Übersetzung ein, die ihm nicht hatte einfallen wollen, die Übersetzung von »Ratatouille«, nach der er während des Zubereitens und Essens die ganze Zeit über gesucht hatte: übles Gericht.

11

»Ich hasse nichts mehr als Ferien«, sagte Alena auf jenem Dach, wo er die erste Szene seines zweiten Spielfilms gedreht hatte. Inzwischen war der Film abgedreht, sie hatten fünf, sechs Tage Zeit, die Kinder waren in Ferienlagern, Markus Weill auf Dienstreise. Zum ersten Mal, seit sie sich kannten, hatten sie es geschafft, ein paar Tage zusammenzusein, ihr erster gemeinsamer Urlaub, und am ersten Tag, in der ersten Stunde dieses ersten gemeinsamen Urlaubs hörte er diesen Satz, der nicht auf ihn gemünzt oder gegen ihn gerichtet war, der ihn aber dennoch irritierte. Ich hasse nichts mehr als Ferien, hatte sie gesagt, wo es doch üblich war, sich auf die Ferien zu freuen und sie als die beste Zeit im Jahr zu betrachten, sie herbeizusehnen und zu genießen, aber Alena schien sie nicht genießen zu können mit ihren drei Kindern und deren drei Vätern, sie schien den Alltag zu bevorzugen, war eine Liebhaberin der kleinen täglichen Freiräume, vielleicht, weil die Brüchigkeit der Umstände dann weniger scharf zutage trat. Ich hasse nichts mehr als Ferien, hatte sie gesagt, er hatte noch nichts erwidert, bei ihm war es genau umgekehrt, er liebte es, zu verreisen und seinen Alltag hinter sich zu lassen, liebte es, die Koffer zu packen und irgendwohin zu fahren, er hatte keine Kinder, auf die er aufpassen musste, hatte keine Frauen, auf die er angewiesen war und die alle Aufmerksamkeit verlangten. Nur vom Drehen her wusste er, was es bedeutete, ständig die unterschiedlichsten Interessen ausgleichen zu müssen und von Umständen abhängig zu sein, auf die man keinen Einfluss hatte. Gleichwohl musste man auch mit einer Familie Ferien genießen oder wenigstens unbeschadet überstehen können, selbst wenn man, so wie Alena, eine Nonkonformistin war, die ihn mit ihren Ansichten immer wieder aufs Neue überraschte.

Sie war ein wenig enttäuscht, so schien es, dass er nicht öfter geschrieben oder angerufen hatte (obwohl er fast jeden Tag angerufen hatte), seine Vierzehnstundentage hatten ihm nicht viel Zeit gelassen, und er musste die Distanz, welche die Zeit unweigerlich zwischen zwei Menschen schiebt, wenn sie sich einen Monat lang nicht sehen, erst wieder verringern und überwinden. Er wusste, sie war besorgt gewesen, die Verlockungen von Paris, die Verlockungen des Teams, die Frauen, die auf ein Abenteuer aus waren, all dies hatte ihr auf den Magen geschlagen. Er freute sich, sie nach der langen Zeit endlich wiederzusehen, er hatte oft an sie gedacht, auch wenn er während des Drehens nicht allzu oft an sie hatte denken wollen. Nun umfasste er sie sanft von hinten, um den Bauch, so wie sie es am liebsten hatte, und blickte mit ihr Richtung Palais Garnier, zur Opéra, dorthin, wo er noch vor wenigen Tagen gedreht hatte. Die erste Drehwoche war miserabel gewesen, alles, was misslingen konnte, war misslungen, dann aber hatten sie sich gesteigert, hatten die folgenden drei Wochen hart und konzentriert gearbeitet, und am Ende hatte er den Eindruck gewonnen, dass das Projekt ein Erfolg würde.

Sie sahen Richtung Opéra, und er dachte an das vierte Kind, das sie nicht bekommen wollte, und an die drei, die sie schon hatte. Er erkundigte sich nach ihnen, sie schienen gut versorgt und die mütterliche Seite beruhigt, was auch ihn beruhigte, denn als mütterliche Geliebte war Alena am reizvollsten, wenn sie weniger Mutter und mehr Geliebte war. Wenn die Sorge um ihre Kinder sie allzu sehr umtrieb, kaute sie an den Nägeln oder an irgendwelchen Häutchen, drückte im Bett Ausstülpungen der Tapete glatt oder schaute unablässig auf die Uhr, erwies sich als unruhige und nervöse Geliebte, war zu sehr Mutter, um das Zusammensein mit ihm wirklich genießen zu können. Jetzt aber war sie mehr Geliebte, und er wollte dieses Mehr nicht durch weitere Fragen nach den Kindern gefährden.

Sie blickten über die Dächer und schließlich hinunter auf den belebten Boulevard, wo Alena einen Schuhladen entdeckte und vorschlug, dort Sandalen zu kaufen, um gerüstet zu sein, wenn sie am nächsten Tag nach Deauville reisten. Er sah auf seine Pollini Torpedos und gab nach, auch wenn es ihm sonderbar schien, zu Beginn ihrer ersten gemeinsamen Ferien in einem Schuhladen herumzustöbern.

Der Laden lockte mit reicher Auslage, die Herrensandalen standen in Reih und Glied, ein Paar verrückter als das andere, Modelle für Leute, die unbedingt auffallen wollten, so dass er lieber bei seinen Torpedos blieb, zumal er Herrensandalen sowieso befremdlich fand. Dafür war Alena ganz begeistert von der großen Auswahl an Damensandalen, und weil ihr beim Hinaufsteigen auf die Dachterrasse ein Riemen ihrer dunkelbraunen Sandalen gerissen war, probierte sie mit Vergnügen ein Paar nach dem anderen an, wobei ihr bei jedem Modell etwas missfiel, oder die Größe passte nicht, wenn sie ein Paar besonders mochte. Er begann sich zu langweilen ob der langwierigen Anprobiererei, zumal er Sandalen nicht für das Vordringlichste hielt, unmerklich zunächst, dann mehr und mehr, wobei seine Kommentare zu den Paaren, die sie anprobierte, immer spärlicher ausfielen, bis sie endlich ganz ausblieben und er nur noch dastand und mit starrem, vorwurfsvollem Blick auf diese idiotischen Sandalen schaute. Er ärgerte sich, ihre knapp bemessene gemeinsame Zeit in diesem Schuhladen zu vergeuden, für Sandalen, die sie nicht benötigten, Alenas

Riemen hätte man gewiss reparieren können. Sie spürte seinen Unwillen, ließ sich aber nicht aus der Ruhe bringen und testete weiter ein Paar nach dem anderen, forderte ihn schließlich auf, im Bistro nebenan einen Kaffee zu trinken, sie komme gleich nach, sobald sie ein passendes Paar gefunden habe. Er ließ sich nicht gerne herumkommandieren, blieb erst im Laden, verließ ihn dann aber doch, widerwillig und ohne Lust, alleine Kaffee zu trinken.

Was für eine Schmach, dachte er draußen auf dem Boulevard, die erste Stunde ihrer ersten gemeinsamen Ferien, und schon hatte sie ihn wegen läppischer Sandalen abgehängt. Er ging um die Ecke und betrachtete Betten in einem Möbelgeschäft, im spiegelnden Schaufenster sah er sich selbst, sah die Fassungslosigkeit in seinen Augen. Er ging weiter, kam zu einer Bäckerei und kaufte sich ein glasiertes Eclair, um sich ein wenig zu beruhigen. Was interessierten ihn Sandalen? Er biss zu, und die Creme quoll auf allen Seiten aus der Teigstange, er bekleckerte sich die Hände und den Mund, aber das Eclair schmeckte köstlich. Er wischte sich den Mund ab und schlenderte weiter. Wo würde das nur hinführen, wenn die Ferien schon so begannen? Aber nicht immer war der Anfang Vorbote dessen, was folgte.

Als er auf die andere Straßenseite hinüberblickte, zuckte er zusammen, einen Moment meinte er Markus Weill auszumachen, aber er musste sich täuschen, Weill war in Skandinavien, gewiss handelte es sich um ein Hirngespinst. Oder war ihnen Alenas Ehemann tatsächlich gefolgt, wie es in schlechten Fernsehkrimis zuweilen geschieht? Der Mann verschwand im Printemps, auf dessen Dach sie gestanden hatten, es war aussichtslos, ihm in dem Gedränge folgen zu wollen, gewiss war es jemand gewesen, der Weill bloß ähnlich sah. Er ging weiter und verscheuchte den Schrecken, kaufte am Kiosk *Le Monde* und fragte sich, ob Alena in der Zwischenzeit ihre Sandalen gefunden hatte. Langsam spazierte er zurück, die Zeitung unter dem Arm, vorbei an eiligen Passanten – Geschäftsleute, Touristen, Penner –, er schaute auf all die Schuhe, niemand aber trug Sandalen.

Wieder im Schuhladen fing er einen enttäuschten Blick von ihr auf, kein Modell hatte wirklich passen wollen, sie schlüpfte wieder in ihr altes, lädiertes Paar und entschuldigte sich bei der Verkäuferin für den Aufwand. Sie traten aus dem Laden, und er schlug vor, im nahen Bistro den Kaffee zu trinken, den er alleine nicht hatte trinken wollen. Sie war einverstanden und hängte sich bei ihm ein, für sie war nichts Besonderes vorgefallen, er aber war noch immer verstimmt.

Im Bistro sagte er kein Wort, obschon er seinen Ärger eigentlich gleich hatte loswerden wollen. Seine Schweigsamkeit bedrückte sie, es irritierte sie, wenn er so still dasaß, sie wollte wissen, was mit ihm los war. Als er es sagte, lachte sie und verstand die Welt nicht mehr, sollte sie die Ferien in kaputten Sandalen verbringen, gute Sandalen waren doch unerlässlich, auch er brauchte ein anständiges Paar. Aber er meinte ja auch nicht die Sandalen, die waren ihm gleichgültig, was ihn verstört hatte, war ihre Art, ihre Selbstbezogenheit im Laden, dass sie ihn einfach weggeschickt hatte, wie man ein lästiges Kind wegschickt, dass sie ihn wie eine Marionette behandelt hatte.

Männern müsse man jederzeit alle Aufmerksamkeit schenken, meinte sie, kaum sei man einmal fünf Minuten beschäftigt, sei der Teufel los. Aber sie wusste, dass das übertrieben war, und er wusste es auch. Er wollte ohnehin keine Diskussion über Männer und Frauen führen, er wollte nur seine Verstörung zum Ausdruck bringen.

Sie strich ihm sanft über den Handrücken und entschuldigte sich, küsste ihn und fragte, ob jetzt alles wieder in Ordnung sei. Er nickte, auch wenn er noch immer leisen Ärger spürte. Sie bezahlten und gingen auf den Boulevard hinaus. Wieder hängte sie sich bei ihm ein, und ohne dass sie sich hätten absprechen müssen, schlugen sie den Weg Richtung Hotel ein.

Im Hotel nahm Alena eine Dusche, und er lag auf dem Bett und wartete, bis das Bad frei war, um sich seinerseits zu duschen. Er hörte das Rieseln und Plätschern des Wassers, das über ihren Körper perlte, stellte sich vor, wie sie sich einseifte und den Schaum auf alle möglichen Stellen verteilte. Während sie sich wusch, kam ihm die Szene im Schuhladen wieder in den Sinn, seine Verstimmung über die Weise, wie sie ihn behandelt hatte, er konnte es immer noch nicht verstehen, es war das erste Mal, dass sie ihn verletzt hatte. Er fragte sich, ob das die ersten Anzeichen von Gewöhnung waren –

vielleicht war auch sein Vater mit seiner Mutter so umgegangen oder umgekehrt, er konnte es nicht wissen. Er hörte die Brause und fürchtete, dass Alena ihn vielleicht nicht mehr so liebte, wie sie ihn zu Beginn geliebt hatte, dass ihre Liebe unter der langen Trennung gelitten und nachgelassen hatte, haarfeine Risse im Gefühlskleid, die sich nach und nach ausweiten konnten, man musste achtsam sein, wie rasch ging etwas entzwei, was vielversprechend anfing, wie rasch war etwas vorbei, bevor es überhaupt richtig begonnen hatte.

Jetzt kam sie aus der Dusche, im weinroten Bademantel, und lachte ihn an. Er wollte aufstehen, um seinerseits ins Bad zu gehen, aber da lag sie schon auf ihm, durch den Bademantel hindurch spürte er ihren Körper, ihre Wärme, sie hielt ihn mit ihrem Gewicht gefangen, schaute ihn an und küsste ihn, ihre nassen Haare auf seinem Gesicht, es schien nicht so, dass sie ihn nicht mehr liebte, vielleicht wollte sie das Ganze auf diese Weise wieder gutmachen.

Als sie beide nicht mehr seufzten und außer ihrem Atem und dem Dröhnen der Stadt nichts mehr zu hören war, als sie still und müde beieinander lagen, strich sie ihm sanft über den Kopf und blickte ihn an.

»Bist du noch immer verärgert?«

Ihre Frage klang besorgt, er spürte ihre Hände, die ihn streichelten und das Haar kräuselten, und er rückte noch dichter an sie heran, damit sie sich ganz nahe waren.

»Nein, ich hatte nur Angst, dass du mich nicht mehr liebst, dass dir unsere Liebe gleichgültig geworden ist oder dass du aus irgendeinem Grund zornig auf mich bist und mich verlassen willst.«

Ihre Hände hörten auf, ihn zu streicheln, durch ihren Körper schien ein kurzes Zucken zu gehen, er spürte, wie sie ihre Beine verlagerte und ihr Atem stockte. Vielleicht hatte er etwas Dummes gesagt, er musste aufpassen, was er sagte, gerade wenn sie sich so nahe waren und sich alles sagen wollten.

»Verlassen?«, wiederholte sie und schaute ihn erstaunt an, ihre großen Augen schienen ihm noch größer, die Pupillen waren geweitet, in ihrem Olivgrün spiegelte sich ein Teil des Zimmers und sein Gesicht. Sie presste sich ganz dicht an ihn, so dicht, dass sie sich nicht mehr sehen konnten. Er spürte ihren Atem, ihren Herzschlag, er spürte ihren Körper, ihre Haare, die ihn kitzelten, und ihre Füße, die vielleicht einmal davontappen würden, wenn sie ihn nicht mehr passend fand.

»Ich werde dich nie verlassen«, sagte sie, »nie.«

12

Er in kurzen Hosen, sie in einem flatternden Rock – so spazierten sie am schäumenden Meer entlang, das ihre bloßen Füße leckte. Sie hinterließen tiefe Abdrücke im feuchten Sand, der prickelte, die Füße kühlte und sie bei jedem Tritt massierte. Er ging auf der falschen Seite, so kam es ihm zumindest vor, denn er ging mehr im Meer, sank bei jedem Schritt ein wenig ein, während sie, vom Strand erhöht, an seiner linken Seite trippelte, obwohl sie mit ihren langen Beinen auch so schon ein wenig größer war und auf diese Weise noch größer wirkte, so dass sie beinahe auf ihn herabblickte, was auch ihr falsch vorkam, worauf sie die Seiten wechselten. Jetzt, auf der richtigen Seite, hatten sie den falschen Eindruck, gleich groß zu sein, aber dieser Eindruck hatte andererseits auch etwas Richtiges, und so spazierten sie Hand in Hand diesen endlosen Strand entlang, la plage de Paris, hatte ihn der Hotelier stolz genannt, als sie vor einer halben Stunde aufgebrochen waren. Das Ganze war aber nicht nur falsch und richtig zugleich, es hatte auch etwas Befreiendes, denn dieses eine Mal waren sie nicht unter Zeitdruck, wie sonst, wenn Alena nach ihren kurzen Festen gleich wieder ins Studio, an die Uni oder zu den Kindern hetzen musste, damit sie nicht verwahrlosten. Für beide war es ungewohnt, so lange zusammenzusein, und sie genossen es, einmal schweigen zu können und nicht ständig reden und sich alles hastig erzählen zu müssen. Still ließen sie sich den kräftigen Wind um die Ohren schlagen, bestaunten die kreischenden Möwen, die im Aufwind in der Luft stillstanden, und auch selber schienen sie sich nicht zu bewegen, selbst wenn sie sich bewegten. Bunte Drachen flatterten über ihren Köpfen, mächtige Sandburgen trotzten den anbrandenden Wellen, und draußen auf dem Meer schossen Surfer über das gleißende Wasser, alles aber schien wie aus der Zeit gefallen – am Strand von Paris.

Das Ungewohnte der Situation brachte ihn indes auch auf ungewohnte Gedanken, auf Gedanken, die er längst vergessen oder begraben hatte, vielleicht, weil er mit Alena nie mehrere Tage am Stück hatte verbringen können. Denn wenn es so wunderbar war, zusammenzusein, warum dann nicht richtig zusammenleben, alles hinter sich lassen und ganz und gar ein Paar werden, eines, das sich nicht jede freie Stunde absparen musste und sich treffen konnte, ohne dass etwas Falsches dabei war. Warum Kompromisse eingehen, wenn doch klar war, dass sie sich liebten? Warum die ständige Hetze und die widrigen Umstände in Kauf nehmen, wenn sie ihre Liebe auch halb so umständlich würden leben können?

Er schaute auf die See, die Wellen, die strandeinwärts schwappten, es war Flut, viel weiter würde das Wasser nicht mehr steigen, man sah es am trockeneren Sand und an der feinen Linie von Tang und Strandgut, die das Meer an seinem äußersten Rand gezogen hatte.

»Wie wäre es, wenn wir zusammenzögen?«, sagte er plötzlich, und als er die Frage stellte, war er sich nicht bewusst, dass sie doch ziemlich gewagt war.

»Zusammenziehen?«, fragte Alena erstaunt, ihr Schritt verlangsamte sich, sie blieb einen Moment stehen und blickte aufs Meer.

»Ja, so wie ein richtiges Paar.«

Sie schlenderten weiter, er bückte sich, hob einen Fetzen Tang auf, holte aus und schleuderte ihn mit einer schnellen Bewegung hoch in die Luft, auf ihrem Gesicht lag noch immer eine Spur Verwunderung.

»Und wie stellst du dir das vor?«

»Ich weiß nicht«, sagte er, »aber wenn man will, gibt es immer einen Weg, man muss ihn nur finden wollen.«

Sie blieb erneut stehen und schaute ihn lange an, jetzt flatterten keine Drachen mehr über ihren Köpfen, auch die Möwen waren verschwunden, stattdessen frischte der Wind auf.

»Und Markus?«

»Markus wird sich scheiden lassen wollen«, sagte er. »Oder er wird sich damit abfinden und sich eine Freundin zulegen.«

Sie sah ihn skeptisch an, ein wenig mitleidig beinahe, er liebte es nicht, wenn sie ihn so ansah.

»Markus würde das nie hinnehmen«, sagte sie, mit einer Bestimmtheit, die keine Zweifel zuließ, was Markus hinnehmen würde und was nicht.

»Ganz zu schweigen von den Kindern, die auch schwierig und eifersüchtig sind«, fügte sie hinzu, »und die einen erneuten Wechsel kaum akzeptieren und einen fürchterlichen Aufstand machen würden, nachdem sie sich nach ziemlichen Anfangsschwierigkeiten endlich an Markus gewöhnt haben. Du weißt, Kinder brauchen klare Verhältnisse, gerade wenn der, der die Vaterrolle innehat, oft abwesend ist. Und es stimmt, wenn Markus zu Hause ist, ist er oft nicht wirklich da, sondern verschanzt sich hinter seinen Büchern oder verliert sich im Internet, immer mit seinen Dolinen und seinen Steinen beschäftigt. Aber er ist der Vater von Lina und zugleich der Stiefvater von Sarah und Tobias, und schon wieder einen Neuen einzuführen, würde alles unglaublich verkomplizieren und durcheinanderbringen.«

Er wich einer Flasche aus, die das Meer angespült hatte, keine Flaschenpost war darin, eine Bierflasche mit einer englischen Etikette, irgendjemand auf einem Schiff oder auf der anderen Seite des Kanals musste sie ins Wasser geworfen haben.

»Und du?«, fragte er nach einer Weile enttäuscht, »möchtest du denn nicht mit mir zusammenziehen?«

»Wollen schon, aber es ist keine Frage des Wollens, Ben, ich bin einen gewissen Lebensstandard gewohnt, und auch die Kinder sind ein ganz anderes Leben gewohnt als das, was du für selbstverständlich hältst. Oder wie stellst du dir das vor, du, der du immer knapp bei Kasse bist und dich mit deinen Filmen an den Rand des Ruins bringst?«

»Ich weiß nicht«, sagte er, »ich könnte für Großkonzerne Werbe- und Industriefilme drehen oder fürs Fernsehen arbeiten und eine Menge Geld verdienen«, und er dachte, dass er weder Werbe- noch Industriefilme noch fürs Fernsehen drehen wollte, aber im Augenblick war ihm nichts anderes eingefallen, und er fürchtete, dass ihm auch nichts anderes mehr einfallen würde.

»Sei nicht albern. Willst du dein Talent für Soaps und Sitcoms vergeuden?«

Je weiter sie gingen, desto mehr Strandgut lag herum, man musste aufpassen, wohin man trat.

»Nein, natürlich nicht, aber irgendwoher muss das Geld ja kommen.«

»Eben.«

Ihre trockene Entgegnung brüskierte ihn, er dachte, dass die Liebe wichtiger als das Geld sein sollte, zumindest eine Liebe, wie er sie sich vorstellte, aber offensichtlich gingen ihre Ansichten in diesem Punkt auseinander, und er musste zusehen, wie er mit Alenas Antworten fertig wurde.

»So einfach«, sagte er.

»Nein, nein, es ist alles andere als einfach, glaub mir, ich habe oft und viel darüber nachgedacht, aber es gibt keine andere Lösung, alles muss so bleiben, wie es ist, sonst sehe ich schwarz für uns.«

»Ich weiß nicht. Vielleicht lande ich einmal einen Kassenschlager, wer weiß, dann wären wir alle Probleme auf einen Schlag los, wir wären finanziell unabhängig und könnten tun und lassen, was wir wollen.«

»Mag sein, ich traue es dir zu, ja ich bin sicher, dass du früher oder später den Durchbruch schaffst, aber das kann noch Jahre dauern, du weißt selbst, dass man es nicht steuern kann, du weißt, wie unberechenbar und zufällig das alles ist, darauf ist kein Verlass. Und außerdem sind da noch immer die Kinder und mit ihnen ein ganzer Rattenschwanz von Problemen, die du zu wenig bedenkst und auch gar nicht kennst. Lass uns unser Fest weiterleben, so wie wir es bis jetzt getan haben, denn glaub mir, wenn der Alltag hineinschwappt, ist es vorbei.«

Er war enttäuscht, so hatte er sich das Gespräch nicht vorgestellt. Der Wind hatte sich in der Zwischenzeit gelegt, die Möwen tauchten wieder auf, mit ihren wehklagenden Schreien, was der Szenerie etwas Gespenstisches verlieh.

»Komm ins Wasser«, sagte Alena unvermittelt, »das bringt uns auf andere Gedanken.«

Sie entledigte sich ihres flatternden Rocks und der Bluse, legte sie einige Meter strandeinwärts, um dann voller Übermut ins Wasser zu stürmen, sich in die Wellen zu werfen und ihm begeistert zuzuwinken.

Er hatte keine Lust, ins Wasser zu gehen, es war nicht sein Element, aber ihre Begeisterung ließ ihm keine Wahl, und schließlich streifte auch er seine Kleider ab, deponierte sie neben den ihren und watete durch die Brandung vorsichtig zu ihr hinaus, immer darauf bedacht, nicht das Gleichgewicht zu verlieren. Er war verärgert, erst dieses Gespräch und jetzt das, sie wusste doch, dass er kaum schwimmen konnte, zumindest hatte er es seit Jahren nicht mehr versucht, in seiner Vorstellung war er ein Nichtschwimmer. Als ihm das Wasser bis zu den Schultern reichte, blieb er stehen, er wollte nicht, dass ihm die Wellen ins Gesicht schlugen, nichts war ihm so zuwider wie Wasser in den Augen und in den Ohren, und so war es Alena, die auf ihn zuschwamm, um kurz vor ihm unterzutauchen und wie ein Fisch zwischen seinen Beinen hindurchzugleiten.

»Jetzt lernst du schwimmen«, sagte sie prustend, als sie wieder aufgetaucht war, »ich zeige dir, wie's geht, und dann halte ich dich, du musst keine Angst haben, es ist ganz einfach, ich schaue, dass nichts passiert.«

»Ich weiß nicht«, entgegnete er, und in der Tat war ihm ziemlich unbehaglich bei dem Gedanken, sich den Wellen hinzugeben, aber sie ließ nicht locker, so dass er schließlich widerstrebend einwilligte, sich flach auf ihre Hand im Wasser legte und mit den Armen und Beinen so tat, als würde er schwimmen. Er stellte sich vor, wie läppisch das aussah, und schämte sich, aber zum Glück waren in diesem Abschnitt des Strandes nur wenig Leute.

»Man muss doch schwimmen können«, sagte Alena resolut, »jeder Mensch kommt irgendwann in die Situation, wo er es können muss, sonst ist es aus.«

Er hielt es nicht für notwendig, schwimmen zu können, er hatte nicht im Sinn, Schiffe oder Boote zu besteigen, war auch nicht der Typ, der in Seen oder Flüsse sprang, aber dem Didaktischen an Alena konnte er sich nicht entziehen, auch wenn er sich noch so sehr dagegen sträubte, selber war er ganz und gar nicht pädagogisch veranlagt. Obschon er dachte, dass das mit dem Schwimmen nie klappen würde, klappte die Übung nicht schlecht, sein Widerstand begann schon zu schwinden, solange sie die Hand unter seinem Bauch hielt, fühlte er sich sicher und genoss es sogar, wenn eine Woge sie beide in die Höhe trug. Als ihm aber eine Welle ins Gesicht schlug und ihm das Salzwasser in die Nase drang, geriet er in Panik, schnappte nach Luft und suchte verzweifelt Boden unter den Füßen. Als er ihn gefunden hatte, atmete er tief durch und verfluchte den Blödsinn. Aber Alena blieb hartnäckig, zog ihn noch einmal hinaus, um den Versuch zu wiederholen, und während er, flach im Wasser liegend, noch grollte und in sich hineinfluchte, merkte er gar nicht, wie sie die Hand unter seinem Bauch wegzog und wie er jetzt schwamm, seit beinahe zwanzig Jahren zum ersten Mal schwamm. Als ihm das bewusst wurde, konnte er es erst nicht glauben, dann aber strahlte er über das ganze Gesicht und

Alenas Freude übertrug sich auch auf ihn. Er schwamm quer zum Strand, immer auf einer Höhe, wo er im Notfall hätte Grund fassen können, aber es war nicht nötig, er wäre sogar weiter hinausgeschwommen, wären die Wogen nicht so mächtig gewesen.

»Na?«, sagte Alena schließlich, als sie aus dem Wasser und wieder zu ihren Sachen gingen, »hat es sich nicht gelohnt, dass ich dich ein wenig gedrängt habe?«

13

Als Ben aufwachte, verstand er nichts, gar nichts, er wusste nicht, wo er war, schaute auf, ohne wirklich zu sehen, alles war wirr und verschwommen, schien, in einen sanften Schleier getaucht, hin- und herzuschwappen, die Vorhänge, die Flasche, wenn es eine Flasche war, das grelle Licht. Er hörte Gemurmel, ein Ticken auch und von irgendwoher Schluchzen, und langsam tastete sich sein Bewusstsein in den Raum vor, zu der schemenhaften Gestalt, aber er konnte sie nicht wirklich erkennen, wie aus der Ferne hörte er eine Stimme, die er noch nie gehört hatte, Worte wie durch Watte gesprochen, doch sie drangen nicht richtig zu ihm durch, nur Schultern, ja Schultern, ein Gesicht, undeutlich, und dann wieder diese Stimme, die einen Namen rief, vertraut und fremd zugleich. Und dann wieder Schwarz, er spürte den Kopf, den Schmerz, schloss die Augen, um sie gleich wieder zu öffnen und zu sehen, ob das Schwarz verschwand. Es verschwand, und er sah gerade noch, wie die Gestalt weghuschte, er hätte sich aufsetzen wollen, um sich Klarheit zu verschaffen, aber es ging nicht, als ob unsichtbare Hände ihn zurückhielten.

Erinnern konnte er sich an nichts, aber er lag hier, zwischen diesen Vorhängen, womöglich war alles nur geträumt und der Traum im Begriff, sich zu verflüchtigen. Aber er träumte nicht, er war wach oder beinahe, sein Aufwachen war kein Traum, es war ihm ein Rätsel, wie alles, wie diese Vorhänge und diese Flasche und dieses Licht, wie diese Tropfen, die unablässig aus der Flasche fielen und etwas mit ihm zu tun haben mussten, wie dieser Schädel, der nur aus Schmerz zu bestehen schien, so dass er ihn kaum spürte. Irgendwie hatte sich alles so gefügt, dass er lag, wie er lag, unter einer braunen Schlafdecke und einem zerwühlten Laken, umgeben von Vorhängen und gurgelnden Geräuschen, da war etwas Schweres in seinem Körper und auch etwas Leichtes, er fühlte sich wie ein Stein und zugleich wie ein Schmetterling, der darüber schwebt. Dann war er wieder eine Schaukel, und im nächsten Moment wippte sein Bewusstsein weg, und es träumte ihm von Paris, zusammen mit Markus Weill fand er sich in der Stadt der Tauben, flanierte über belebte Boulevards, meinte den Boulevard Haussmann zu erkennen, war sich nicht sicher, aber es spielte keine Rolle, sie gingen in ein Bistro und tranken Kaffee, und danach kaufte er sich in einer Bäckerei um die Ecke ein Eclair, das ihm prächtig mundete, während Weill keine Lust auf Leckereien hatte. Sie schlenderten weiter den Boulevard entlang, gaben sich dem bunten Treiben hin, das hier herrschte, diesem Drängen und Schauen und Staunen, diesem bunten Gemisch aus Afrikanern, Europäern, Indern, den ständig wechselnden Geräuschen, Hupen und Lachen und Fluchen, während von einem Dach gurrend ein Taubenschwarm aufflatterte, Paris, Paris. Sie schwärmten von den schönen Frauen, die es hier gab, dem lockeren Charme, der sie bezauberte, den Parfums, die ihnen entgegenströmten, bei einem Eisverkäufer kaufte er sich sein Lieblingseis, Cassis, und die Welt war so, wie sie sein sollte. Als er sein Eis zu Ende gegessen hatte, waren sie des Spazierens müde und entschlossen sich, bei der nächsten Metrostation die U-Bahn zu nehmen. Auf der Treppe zur Station hinunter gab ihm Weill einen Klaps auf den Rücken, scheinbar zum Spaß, aber doch so heftig, dass er über einen Treppenabsatz stolperte und geradewegs auf einen älteren Mann zustürzte, der von unten heraufkam, ein Clochard, der sich angegriffen wähnte und deshalb blitzschnell ein Messer aus dem Mantel zog. Er spürte gerade noch, wie er langsam zusammensackte und hart auf den Boden aufschlug – dann wurde alles schwarz und still und blieb es auch.

Das war es also, dachte er, das war es also. Da war nichts, er hörte und sah nichts, trotzdem verfügte er noch über die Fähigkeit zu denken. Er fragte sich, ob er wirklich tot war, ob man noch denken kann, wenn man tot ist, aber der Zweifel verlor sich, und er versuchte sich mit dem Gedanken anzufreunden, tot zu sein. Was für ein läppischer Tod, dachte er, warum ausgerechnet in Paris, warum ausgerechnet an diesem Ort, unter diesen Umständen? Nichts war geschenkt, alles nur geliehen, man musste alles zurückgeben bis auf den letzten Zeh, nur das Denken blieb einem. Nun hatte er also seinen Lauf beendet, sein Ziel erreicht, es blieb nichts mehr übrig, und dennoch schien der Weg unendlich weiterzugehen, in Gedanken, oder die Gedanken gingen weiter ihren Weg. Wie sollte er am Stoff der unsichtbaren Decke ziehen, wenn da keine Finger waren, die daran hätten ziehen können? Wie sollte er sich bemerkbar machen, wenn er selbst nur noch Stille war?

Plötzlich aber sah er Licht und erschrak, er merkte, dass er nach Atem rang, dass er nicht ins Nichts geglitten war, sondern ununterbrochen gelebt hatte und noch immer am Leben war. Nur stoßweise ging sein Atem, nie hatte er so einen Traum gehabt, seinen Tod geträumt, so intensiv, dass er ganz und gar daran geglaubt hatte. Er spürte, wie ihm der Schweiß aus den Poren drang, versuchte zu schreien, aber die Stimme versagte ihm. Eine winzige Weile zitterte er, dann verlor er das Bewusstsein.

Als er wieder aufwachte, fand er sich nicht mehr zwischen Vorhängen, sondern hell getünchten Wänden. Er blickte um sich, entdeckte auf einem Tischchen ein Glas Milch und gleich daneben eine weibliche Hand mit langen Fingern, die nach dem Glas griff und es zu einem vollen Mund führte, und diese Hand und diesen Mund erkannte er sofort. Diesmal war es kein Traum, tatsächlich saß da Alena, mit kreideweißem Gesicht und verweinten Augen, und als sie ihn zugleich besorgt und erleichtert anblickte, war auf einen Schlag alles wieder da, er sah sich auf das weinrote Ungetüm zurasen, sah Radfahrer und Mais, Vögel und Wolken – Schweben, irgendwie Schweben, hatten sie nicht reden wollen, Markus und er, endlich reden, aber dann war da der Mähdrescher gewesen, die Wolken, der Mais, der Mähdrescher. Er konnte sich noch an Halme erinnern, abgeschnittene Halme, dann war er weggetaucht.

14

Alena schob ihn im Rollstuhl hinaus, und als er sich dabei im Wandspiegel erblickte, zuckte er zusammen – die Schrammen im Gesicht, die tiefroten Schürfwunden, die geschundenen Wangen, all dies sah furchterregend aus, und es stimmte, dass er noch immer starke Schmerzen hatte, auch wenn das Schlimmste überstanden war. Er schaute weg, er mochte sich nicht ansehen, so lädiert, mit den Wunden und der umwickelten Stirn, als ob ihm das Bild erst klar gemacht hätte, was eigentlich geschehen war. Alena schob ihn auf den Korridor hinaus, in den Lift hinein, zwei Stockwerke tiefer, auf die Intensivstation, auf der Markus Weill lag, der, wie die Internisten ihr eröffnet hatten, nach seinen Hirnblutungen nur kurz aus dem Koma erwacht war, um gleich wieder in Bewusstlosigkeit zu fallen.

Vom Kontrollraum aus sahen sie ihn durch die Scheibe hindurch, in tiefem Schlaf, wie es schien, wie ein Toter beinahe, wie eine Mumie, mit den dicken Verbänden um Arme und Beine, während die Geräte die lebenswichtigen Funktionen überwachten und verschiedene Kurven und Diagramme auf den Bildschirmen erschienen. Er fühlte sich an die grünen, gelben und roten Lämpchen in seinem Kinderzimmer erinnert, den matten Schein der Tiefkühltruhe, auf die er gestarrt hatte, ohne zu begreifen, aber jetzt begriff er nur zu gut. Man hatte Weill den Schädel kahl rasiert, um Wunden über der Stirn und dem linken Ohr zu nähen, und es schmerzte, ihn so zu sehen, ein Kopf wie der eines GI, mit hässlichen Stichen und Narben, umrankt von Infusions- und Ernährungsschläuchen, von Sonden und Beatmungstuben.

Bevor sie den Bettenraum betreten konnten, mussten sie sich Schürzen und Handschuhe überziehen. Alena hatte einen Flacon mit Weills Rasierwasser mitgebracht, Davidoff Cool Water, sie hatte gehört, dass Schwerverletzte, die im Koma liegen, mitunter auf Gerüche reagieren, sie betupfte ihm vorsichtig Kinn und Wangen damit, aber es brachte nichts, zumindest nichts Sichtbares. Die Schwester meinte, man wisse nie, was der Patient mitbekomme, es sei ein Akt der Achtung, mit ihm zu sprechen und ihm zu sagen, ob man ihm gerade die Verbände wechsle, das Haar wasche oder Schmerzmittel gebe, und es sei wichtig, dass auch die Angehörigen mit ihm sprächen und ihn berührten. Obwohl er kein Angehöriger war, hielt er Weill die Hand, was sich durch die Plastikhandschuhe hindurch merkwürdig anfühlte, Weills kalte Hand, der bettseitige Monitor zeigte 35,7 Grad Körpertemperatur an. Während die Pflegerin die Beatmungsmaschine überprüfte, das Gerät zur Blutreinigung und die Pumpen, welche die Medikamente in den Leib spritzten, sprach Alena mit leiser Stimme zu ihrem Mann, sagte, dass sie da sei, um ihm den Rücken zu stärken, fragte ihn, ihre Hände an seinen Schläfen, nach den Schmerzen, aber die Bildschirme rundum wirkten lebendiger als der Angesprochene, so dass sie schließlich verstummte und ihm bloß noch Stirn und Schläfen streichelte.

Schweigend saßen sie da und starrten auf den bewusstlosen Leib, einen Augenblick lang piepste kein Gerät, es war still, und es war sehr still in der Stille. Die vielen Apparaturen verliehen dem Ganzen etwas Gespenstisches, eine Welt wie außerhalb der Welt, außerhalb der Zeit, Schlafende und Tote sind Bilder nur, ein schönes Bild, doch Weill bot kein schönes Bild, und jetzt, da Alena mit dem Flacon hantiert hatte, roch es nach Davidoff Cool Water.

Kann man auf jemanden, der im Koma liegt, eifersüchtig sein?, fragte sich Ben. Aber in diesem Moment ließ ihn ein durchdringender elektronischer Signalton aufschrecken, die zehn Minuten, die ihnen die Schwester zugebilligt hatte, waren um, sie musste mit einem Katheter den Schleim aus Weills Lunge absaugen, und weil sich das Absaugen nicht selten wie ein kleiner Todeskampf ausnahm, bei dem sich der Körper des Bewusstlosen qualvoll zusammenkrampfte, wünschte sie, dass die beiden den Bettenraum verließen. Sie sahen noch, wie die Schwester, die wie eine aufgezogene Maschine wirkte, der Gang steif, das junge Gesicht beherrscht von Ernst und erzwungener Reife, Weill Salbe in die von der Magensonde wundgescheuerten Nasenlöcher strich, dann fanden sie sich wieder draußen im Vorraum.

Sie sahen sich an, Alena war kreideweiß, er auch. Sie holte tief Luft, hob die Brauen und schob ihn in den Korridor hinaus, zurück in den Lift und auf seine Etage. Wieder in seinem Zimmer blieb er verstört im Rollstuhl sitzen, er war nahe daran, zu kollabieren. Alena setzte sich zu ihm und nahm einen Schluck Mineralwasser; mit den dunklen Ringen unter den Augen wirkte sie zerbrechlich, gebrochen beinahe, ihre Züge verzerrt, während sie nach Worten suchte und keine fand.

»Meinst du, er kommt durch?«, fragte sie schließlich, sie waren ein paar Minuten lang nur dagesessen und hatten geschwiegen.

Er wusste nicht, was er sagen sollte.

»Ich hoffe es«, sagte er leise, »ich hoffe es.«

Sie warf ihm einen traurigen Blick zu, umarmte ihn und begann zu weinen. Er strich ihr die Tränen von den Wangen und streichelte ihren Nacken, wie damals, in Fischbachs Verschlag, nur dass sie jetzt keinen orientalischen Duft verströmte, sondern Davidoff Cool Water.

Er spürte ihren Körper, ihre Tränen, ihr Schmerz linderte den seinen ein wenig.

Nach einer Weile hatte sie sich ausgeweint und schien neuen Mut zu schöpfen. Sie schneuzte sich, stand auf, ging zum Tisch und kramte in ihrer Handtasche herum.

»Schau mal«, sagte sie und machte ein paar Schritte auf ihn zu, »in Markus' Jackett hat man ein Foto gefunden, das über dreißig Jahre alt sein muss und ihn mit einer jungen Frau zeigt, aufgenommen vor dem Münster in Straßburg. Eine Schwarzweißfotografie, die ein zuversichtliches Paar zeigt, als fürchteten sie sich vor nichts, als könnte nichts sie je bedrohen oder auseinanderbringen. Beide sind jung und glücklich und blicken offen in die Kamera, wahrscheinlich ist Sommer, denn sie sind nur leicht bekleidet, die Frau hübsch mit toupiertem Haar und strahlenden Augen, Markus ein selbstbewusster junger Mann in sportlicher Kleidung, frisch von der Universität, wie es aussieht. Ich würde gerne wissen, was das für eine Frau ist, er hat mir nie von ihr erzählt.«

Alena reichte ihm das Foto, das etwas vergilbt war, er warf einen Blick darauf und fuhr zusammen, denn die junge Frau, die vor dem Straßburger Münster Wange an Wange mit Markus Weill posierte, war seine Mutter. Er sah zu Alena, schaute wieder auf das Bild, er glaubte seinen Augen nicht zu trauen.

»Mein Vater«, dachte er, und nach diesem Gedanken hörte er auf zu denken.

15

Er ging nicht zur Beerdigung. Er hatte Zweifel, ob er je wieder der würde, der er gewesen war, ob er Alena je wieder so begegnen konnte, wie sie sich begegnet waren. Stumm atmete er die Stille ein, als das Postauto talaufwärts weggefahren und er alleine auf dem staubigen Pflaster des ausgestorbenen Weilers zurückgeblieben war. Wie benommen ging er zum Fluss hinunter, oder vielleicht war es eher ein Taumeln, zum breiten, nicht sehr hohen Wasserfall, wo sie am Ufer gesessen hatten und über die bemoosten Steine hinweg die Beine ins Wasser hatten baumeln lassen. Jetzt war ihm zu kalt dazu, er fror, auch wenn es nicht kühl war und der Wind nur sachte durch sein Haar strich. Auf der anderen Seite des Flusses standen Kühe, dort, wo der Junge, der nicht schwimmen konnte, sich versteckt hatte. Auch er hätte sich jetzt am liebsten versteckt, irgendwo vergraben, um für immer zu schweigen, wäre am liebsten verschwunden und untergetaucht, um alles zu vergessen.

Mit leichtem Schwindel schlenderte er flussaufwärts, an einem verlassenen Badehäuschen vorbei, und es war ihm, als ob der Fluss aufwärts flösse und die Zeit Zeit hätte, nicht zu vergehen. In seinem Kopf ging es zu wie in einem Bienenhaus, er fühlte sich dumpf, im Grunde aber war er klar. Als er durch eine Wiese streifte, entdeckte er wilden Rhabarber, und während er ihn betrachtete, erinnerte er sich, dass er seit Monaten kein Ratatouille mehr gekocht hatte, obwohl es eines seiner Lieblingsgerichte war. Er hatte auch keine Tomaten mehr gegessen, obschon er Tomaten über alles liebte, als fürchtete er, dass die Allergie, die sich mit den Jahren verflüchtigt hatte, plötzlich wieder ausbrechen könnte.

Ein kleines, mit schwarzem Hartgummi beschichtetes Sprungbrett ragte in den Fluss hinaus, vorsichtig betrat er es, aber es federte kaum, und da das Wasser trüb war, sah er auch nicht, wie tief es an der Stelle war. Er ging wieder ans Ufer zurück und passierte einen alten Fischergalgen. Dann kam ein Schilfgürtel, und der Weg schlängelte sich weiter landeinwärts dem sumpfigen Gelände entlang.

Im Gehen schaute er in die Weite des Himmels. Die Wolken waren die Wolken, mühelos erhoben sie sich über die Welt, sein Geschick schien sie nichts anzugehen. Er war, der er war. Er hätte andere Ahnen haben, einem anderen Nest entschlüpft sein können, aber er war es nicht.

Von ferne klang das Dröhnen von Glocken herüber. Vierzig Kilometer östlich kehrte sein Vater jetzt zur Erde und seinen Steinen zurück, als wollte er sich dem, womit er sich ein Leben lang befasst hatte, endgültig einverleiben. Es war nicht schwer, sich die Beisetzung vorzustellen – dreißig oder vielleicht vierzig Personen, in Schwarz gekleidet und teils mit Sonnenbrillen, um die Tränen oder deren Ausbleiben zu verbergen, im Halbkreis um die ausgehobene Grube stehend, zu der sie sich nach der Abdankung gemessenen Schritts begeben hatten, das nicht endenwollende, vom Pfarrer heruntergeleierte Gebet, Kränze und Schleifen und Gebinde, Weihrauch und Kerzen und Windlichter, dazu der süßliche Geruch des Friedhofs und die verschiedenartigsten Parfums. Und nach der stillen Andacht, welche die Trauergäste in Schweigen einsargte, senkten die Totengräber das Behältnis mit dem Toten schaukelnd und schrammend in die Grube – als wollten sie damit auch die Geschichte versenken, die sie nicht kannten, während Alena gewiss schützend die Hände vors Gesicht hielt, um sich später nicht an den Augenblick erinnern zu müssen, an den sie sich nicht erinnern wollte. Andere hingegen waren verärgert oder unmutig, dass sie aus ihren täglichen Verrichtungen herausgerissen worden waren, und wussten den Unwillen auf ihren Gesichtern nur schlecht zu kaschieren, während seine Halbschwester Lina im Moment, da die Erde auf den Sarg polterte, wohl herzzerreißend weinte und an der Hand genommen und getröstet werden musste. Nach der Zeremonie dann das Kondolieren und Grüßen und Herumstehen, das Warten und Schwatzen mit verschränkten Armen, die eine oder andere Zigarette, seine Mutter, die etwas abseits stand und sich zusammenriss, bevor man langsam und in Grüppchen dem Ausgang zustrebte, um bei einem Braten das aufschreckende Schrammen des Holzes und den Gedanken an den eigenen Tod zu vergessen oder zumindest für ein paar Augenblicke zu verdrängen.

Er schaute hoch, ein Vogelschwarm zerschnitt den Himmel. Verwirrt marschierte er weiter, auch wenn er nicht wusste, wohin. Mit halb geschlossenen Augen taumelte er durch die Landschaft, bis er auf eine Pferdekoppel stieß. Der Spazierweg führte mitten durch die Koppel hindurch, aber auf der anderen Seite der kleinen Holzstiege, über die man auf die Weide gelangte, stand ein großer brauner Hengst, der neugierig seinen Kopf über den Zaun reckte und den Zugang versperrte. Ben versuchte es mit Zureden und Zurufen, aber der Hengst bewegte sich nicht, schnaubte vielmehr auf und schien Möhren zu erwarten, die er nicht mit sich führte, so dass er sich schließlich einer List bediente, hangaufwärts ein paar Schritte dem Zaun entlang ging, worauf ihm der Hengst folgte, um dann unvermittelt umzukehren und hangabwärts zur schmalen Holzstiege zu rennen, aber das glänzende Pferd galoppierte ihm unverzüglich nach und stand schon bei der Stiege, als er diese erreichte. Er wusste nicht so recht, wie mit dem Tier umzugehen war, er hatte ziemlichen Respekt, und die hingestreckten Grasbüschel lockten es nicht an, aber schließlich entsann er sich, dass er ein Zuckersäckchen, dessen Inhalt er nicht in den Kaffee geleert hatte, bei sich trug, und so ging er noch einmal einige Schritte hangaufwärts, öffnete das Säckchen und legte es auf die Innenseite des elektrischen Zauns, so dass der Hengst den Zucker aufleckte, während er selber zur Stiege eilte, diese überquerte und die Koppel unbehelligt passieren konnte. Als er auf der anderen Seite der Weide über die Stiege kletterte, hörte er von fern noch ein Wiehern, dann war es wieder still.

Das Gehen erschöpfte ihn, machte ihn noch müder. Seit dem Tod seines Vaters hatte er nicht mehr richtig geschlafen, war nicht mehr zur Ruhe gekommen, höchstens in fahrigen Halbdämmer gesunken, aus dem er meist schweißnass aufgeschreckt war. Er kam zu einem Maisfeld, das man noch nicht abgeerntet hatte, einen Moment fragte er sich, ob er sich darin verstecken, sich unter die Kolben legen sollte, wie damals, als er bei der Großmutter in den Ferien gewesen war und nicht nach Hause gewollt hatte, doch neben dem Feld entdeckte er eine Wiese, wild wucherndes, mit Herbstblumen durchsetztes Gras, in das er sich gleiten ließ, um einen Augenblick zu ruhen. Das Gras und die Blumen verströmten einen berauschenden Duft, und die Stille war hier eine andere als im Weiler. Nicht wirklich Stille, eher ein Brummen und Summen, Wespen, die zu den Blüten flogen, als wollten sie in das Gebrumm in seinem Kopf einstimmen, von nicht allzu fern Hochspannungsleitungen, die gespenstisch surrten und deren Drähte sich über den gegenüberliegenden Hang ins Niemandsland spannten. Ab und an das Krächzen einer Krähe, die auf einem Baum oder Draht gelandet war, um nach einer Weile wieder zu verstummen, oder das Stöhnen eines Wipfels, wenn der Wind auffrischte und durch die Kronen rauschte.

Als er so dalag, bemerkte er einen grünlich glänzenden Käfer, der sich durch Gras und Kräuter kämpfte. Der Käfer steuerte auf einen Maulwurfshügel zu, der in der Nähe lag, er hatte riesige Hindernisse zu überwinden, Gezweig und Blätter, aber kaum, dass er beim Hügel angelangt war und tastend seine Fühler ausgestreckt hatte, kehrte er wieder um und ging seinen beschwerlichen Weg zurück.

Wie ein Eindringling kam er sich vor, in diesem Gras, in das er sich gelegt hatte, diese Wiese, die nur so strotzte vor Leben, aber er war zu müde, um aufzustehen und weiterzugehen. Ihn fröstelte, er hätte sich bewegen sollen, aber es war keine Kraft in ihm, er fühlte sich beinahe willenlos, und so kuschelte er sich, die Arme gegen die Knie gedrückt, ganz eng an sich selbst. Er dachte an das Gedicht über die Taschenlampe, die nie gebraucht worden war und dann, als man sie endlich gebraucht hätte, nicht brannte, und an die Lämpchen der Tiefkühltruhe, die er nicht gebraucht hätte und die nur zu hell gebrannt hatten. Er dachte an Alenas olivgrüne Augen, deren Glanz zu verlöschen drohte, die müde und matt geworden waren und deren Leuchten der Erschöpfung gewichen schien. Er dachte an das Kind, das vierte, das es nie geben würde, an das Münster von Straßburg und das Foto, das ein Unbekannter davor geschossen hatte. Er dachte an seine Mutter und seinen Vater, während er hier lag, in diesem Gras, vor einer Blume, Mohn?, nach der er die Hand ausstreckte und deren Blüte er streichelte, um sie zu sich zu biegen. Er meinte die Staubblätter zu spüren, die ihn kitzelten, und drückte sie gegen seinen Mund, als wären es Alenas Lippen. Er strich über diesen Mohn, kugelte sich zusammen und schloss die Augen, Lichter tauchten auf, Farben, Flecken, die verschwammen, ineinander übergingen, alles war wirr und in einen sanften Schleier getaucht. Todmüde versuchte er sich aufzuraffen, sich aufzusetzen, schaffte es nicht, gab auf und rollte sich wieder zusammen. Der Schlaf aber, nach dem er sich sehnte, wollte sich nicht einstellen. Dafür pfiff es wieder im Ohr, nur im einen, nicht in beiden zugleich. »Ben«, meinte er es wie von ferne flüstern zu hören, wie von außerhalb der Welt, von außerhalb der Zeit, dann hörte er nichts mehr.

Daniel Zahno

Die Geliebte des Gelatiere

Roman. 208 Seiten.
Piper Taschenbuch

Alvise, ein junger Venezianer, ist auf der Suche. Nach der richtigen Arbeit, dem richtigen Leben – der richtigen Liebe. Auf seinem Weg zum bekanntesten Eismacher Venedigs erfährt er Erfolge wie Niederlagen, bis er sich eines Tages an ein Mädchen erinnert: Noemi, die Frau seiner Träume, seiner Liebe aus Kindertagen. Doch wo kann er sie finden? Und was ist aus ihr geworden – nach all den Jahren?

»Das Spiel der Andeutungen und Verweise – ein wenig Thomas Mann und Joseph Brodsky – bringt das Buch in tänzelnde Schwebe.«
Neue Zürcher Zeitung

05/2478/01/L

Joel Haahtela

Sehnsucht nach Elena

Roman. Aus dem Finnischen
von Sandra Doyen. 160 Seiten.
Piper Taschenbuch

»Ich weiß fast nichts über sie. Nur ihren Namen. Elena. Ihr Gang ist mir vertraut, die Art, wie sie sich kleidet. Ich habe ihr Gesicht gesehen, das die Welt zu einem besseren Ort macht.« In einem Park sieht er Elena zum ersten Mal. Sofort erscheint sie ihm seltsam vertraut, und seine Sehnsucht nach ihr wächst mit jedem Tag. Für sie tritt er eine Reise an in seine eigene, schmerzliche Vergangenheit, die das Geheimnis seiner Sehnsucht birgt.

»Poetisch und spannungsvoll – am besten zu lesen an einem traumverlorenen Sommertag.«
Echo

05/2432/01/R